新编 绕口令

TONGUE TWISTER [第2版]

王中原 ◎ 著　　赵立涛 ◎ 点评

中国传媒大学出版社
·北京·

图书在版编目(CIP)数据

新编绕口令/王中原著. --2 版. --北京：中国传媒大学出版社，2019.5（2025.9 重印）

（全媒体播音员主持人训练手册）

ISBN 978-7-5657-2483-1

Ⅰ.①新… Ⅱ.①王… Ⅲ.①绕口令—作品集—中国—当代 Ⅳ.①I239.9

中国版本图书馆 CIP 数据核字（2019）第 091783 号

新编绕口令（第 2 版）
XINBIAN RAOKOULING(DI-ER BAN)

著　　者	王中原
点　　评	赵立涛
策划编辑	赵　欣
责任编辑	赵　欣　张　笛
特约编辑	高卓毓
责任印制	李志鹏
封面设计	拓美设计

出版发行	中国传媒大学出版社			
社　　址	北京市朝阳区定福庄东街 1 号	邮　　编	100024	
电　　话	86-10-65450528　65450532	传　　真	65779405	
网　　址	http://cucp.cuc.edu.cn			
经　　销	全国新华书店			
印　　刷	唐山玺诚印务有限公司			
开　　本	880mm×1230mm　1/32			
印　　张	9.25			
字　　数	216 千字			
版　　次	2019 年 5 月第 2 版			
印　　次	2025 年 9 月第 5 次印刷			
书　　号	ISBN 978-7-5657-2483-1	定　　价	36.00 元	

本社法律顾问：北京嘉润律师事务所　郭建平

再版序言

《绕口令教你巧舌如簧》这本小书,2013年出版发行,2015年第2次印刷,2017年第3次印刷,2019年第4次印刷。而今,中国传媒大学出版社决定再版,书名改为《新编绕口令》(第二版),升级原有内容,增加新作篇目。这对写作者和点评者来说,无疑是莫大的喜事。

我的绕口令得到了北京第十中学(位于长辛店)刘英丽老师的青睐。她网购此书后,组织学生读写绕口令。学生作品传来后,经我稍加润色,即有模有样,可圈可点。我还特意写了《长辛店的藏金店》助兴,更激发了他们读写绕口令的兴趣,也提高了他们语文学习的积极性。

为了锤炼作品,我请口才好的网友录制语音或视频在群里展示,借机与网友切磋琢磨,使作品臻于完善。为了在各种媒体扩大绕口令的影响,我给多名网络编辑和电视台编辑本人"量身定制"绕口令，为绕口令走进媒体开路搭桥。

人们普遍认为，绕口令是训练口才的，无形中把它定位为一种工具。工具有用，未必好玩，没见谁玩镰刀钳子千斤顶。为了训练口才，天天说"吃葡萄不吐葡萄皮"，未免乏味。我孜孜以求的是，既充分发挥绕口令的工具性，又要提高它的文学性、艺术性、思想性、趣味性、新奇性、丰富性……

为此，我天天捕捉写绕口令的素材。比如，听到"轨道吊"和"研训员"后，各写了一则绕口令。

每篇作品后的"掩卷沉思"是本书的重要组成部分，由赵立涛撰写。有的作品不尽如人意，一经小赵点评，顿生光彩。

学无止境，艺无止境。"路漫漫其修远兮，吾将上下而求索。"

出版发行不是作品的终点，读者的再创造和批评指教会使本书更趋完美。我和小赵期待着大家不吝赐教。

王中原

2019年4月22日

目录 CONTENTS

序　言 / 1

生旦净末丑 >>>

品果汁 / 3

俩老道 / 4

老钱和老权 / 6

同登光明顶 / 8

不速之客 / 9

池司机与施司机 / 11

墙上一个钉 / 12

快活的老汉 / 13

袁隆平 / 14

西湖西畔 / 16

老廖和小赵 / 18

金雕和紫貂 / 20

刘三嫂 / 22

接送学生 / 24

如果 / 25

五指山 / 27

茅山老道 / 28

李铭 / 29

苗小毛和毛小苗 / 32

谷种和古董 / 34

鲍花和鲍发 / 35

农大师兄妹 / 37

陆泠露营识绿绫 / 38

陈处 / 40

四个打字员 / 41

婚恋天地 >>>

新婚之夜 / 45

约会 / 46

黄龙和黄菱 / 48

伴郎　/ 49
爱屋及乌　/ 51
俩裁缝　/ 52
围巾　/ 54
表链　/ 56
错位球缘　/ 57
连发和莲花　/ 59
戚叹叹　/ 60
小裴和小彭　/ 62
房东和房客　/ 63
郑姐正，程哥诚　/ 64

钓鱼　/ 87
三女进山　/ 89
山嫂和栓嫂　/ 91
老倪和老黎　/ 93
莲和兰　/ 94
周紫驹与邹芷洲　/ 95
二胡　/ 97
榴莲　/ 98
互利双赢　/ 100
老道和老掉　/ 101
鲤鱼潭结旅游缘　/ 103
荆旭和金絮　/ 104

一往情深 >>>

同去清华园　/ 69
孪生弟兄　/ 70
周五中午　/ 72
吕慕才与李谋财　/ 73
临行密密缝　/ 75
拉呱儿　/ 77
柳条篓　/ 78
还是湘潭香甜　/ 79

友谊之花 >>>

芬芳和芳菲　/ 85
天蓝蓝与海南南　/ 86

生意广场 >>>

长辛店的藏金店　/ 109
炸鸡店炸鸡不炸蛋　/ 111
朱表与钟宝　/ 113
生意链　/ 114
冰箱和灯箱　/ 116
旅店与卤蛋　/ 117
蝴蝶兰和马蹄莲　/ 118
铁蛋儿逛鞋店　/ 119
彩艳画彩蛋　/ 121
李柴裁吕柴　/ 124
老算和老涮　/ 125

草鞋之家 / 127

黄发黄花 / 129

租屋 / 130

彭典评点瓶胆 / 131

双曼米线冷面店 / 133

浙江招商捎麝香 / 134

生活场景 >>>

串门 / 139

烙饼 / 140

小邓和小郑 / 142

傅兰和扈莲 / 143

门房和煤房 / 144

小郎和小梁 / 146

萧萍和邵鹏 / 147

贴春联 / 148

爸,瞧,挑袍! / 150

加里曼丹 / 151

相约赶集 / 153

梅亢丢门框 / 155

画眉和画梅 / 157

骑驴赶集 / 158

杂技 / 159

小花和小发 / 160

游天坛 / 161

手抄报 / 163

球鞋 / 164

电褥子 / 166

不是父子 / 167

哥斯达黎加和尼加拉瓜以及多米尼加 / 168

桑树和樟树 / 170

老初、老朱、老苏、老舒 / 171

啃肥鸡 / 173

梅州三梅 / 174

楚富忘了祖父嘱咐 / 175

乡村小道 / 176

相亲小调 / 177

护士讲故事 / 178

乒乓球之家 / 179

枝儿和珍儿 / 180

肘子和种子 / 182

老公把老婆叫老公 / 184

行百里者半九十 / 185

朱六 / 186

朱六的竹楼、竹篓、纸篓和紫狗 / 188

两只袋鼠 / 189

俩门卫 / 190

龙凤三胞胎绕口令 / 192

山东臆造银 / 194

动物乐园 >>>
狐狸教子 / 201
小狮子捉弄老狮子 / 202
两只蜘蛛 / 204
蚕·蝉·船 / 205
黑驴与灰驴 / 207
驴驮鱼 / 208
马驮瓦 / 210
树上有根藤 / 211
四只小兔 / 212
劳劳不学条条 / 213
花兔子 / 215
蝗虫戏黄琮 / 217
瘦猴抓绣球 / 219

景与物 >>>
海滩晨景 / 223
长板和短板 / 224
长匾和短匾 / 225
两张床 / 226
冰灯 / 227
两件汗衫 / 228
轨道吊 / 229

十行花 / 230
六棱琉璃塔 / 231
毛桃 / 233
原料 / 235
纸扇和电扇 / 236
跑裤 / 238
橡皮擦 / 240
电脑时代的猫鼠
　同眠 / 241
松花湖 / 242
柴刀和菜刀 / 243

拼盘 >>>
伸手游戏——导弹和
　导电 / 247
池草听写 / 249
小李、小吕写紫字 / 251
小杭和小黄 / 253
买汤圆 / 254
妙说沉江 / 256
染料和眼药 / 258
赠品都是正品 / 260
世界难题 / 261
团子和盘子 / 264
绕口愣 / 265

树懒和水獭　/ 266
荣誉与容易　/ 267
拜年　/ 269

意义　/ 272
略说绕口令创作　/ 274
绕口令：锻炼口语表达能力的"体操"　/ 278

附录 >>>
名家论绕口令的价值与

后记　/ 281

序　言

"好马出在腿上,好人出在嘴上。"一语道破口才的重要性。好口才离不开伶俐的口齿,说绕口令是锻炼口齿的有趣而有效的方法。

我为《演讲与口才》杂志做过二十多年特约校读,深知口才是人才的必备元素。古今中外,三教九流,五行八作,概莫能外;专门以口才为职业的人更不必说了。最近几年,我成为该杂志"口语训练营·绕口令"专栏作者,写过好多绕口令,颇受编者和读者好评。有不少读者就是因为这个栏目而爱上这本杂志的。读者的需要是我创作的动力。现在,我精心筛选了150余则本人原创的绕口令,奉献给喜爱绕口令的读者,读者既可从中得到审美享受,又可借此提高口才。

所选绕口令,语言典雅而不晦涩,通俗而不媚俗。笔者以十几年审读《咬文嚼字》

的功力推敲语言,务使作品精益求精,使拗口与流畅完美统一。

在题材方面,可谓开疆拓土,洒脱不羁。写人、写物、叙事、抒情、说理、婚恋、家庭、旅游、集邮、戏曲,甚至方程题也纳入其中。坚持作品内容的纯洁高雅,不涉及生理缺陷等令人尴尬的话题。无论用于训练还是表演、比赛,这些绕口令都能登大雅之堂。

在形式上,在继承传统的基础上力求创新。将语言游戏性质的绕口令与童话、儿歌、诗歌、寓言、故事等嫁接起来,使其开奇花,结异果,别有洞天;使作品成为具有浓郁文学色彩的绕口令,或曰具有绕口令元素的文学作品。

在功能上,不止于训练口才,还设置了相当的难度,挑战表演者的记忆能力和听众的思维能力。

在读者定位上,有相当篇幅面对成人,适合做集中培训或自我练习读本;也有一定篇幅兼顾家长、教师和少年儿童。

我国绕口令大多数是无署名作品,个人原创绕口令单独成书十分罕见。本书作为一种尝试,必定存在诸多不足,期盼热心读者多多包涵,多多赐教。

王中原

2013年4月4日

生旦净末丑

品果汁
俩老道
老钱和老权
同登光明顶
不速之客
池司机与施司机
墙上一个钉
快活的老汉
袁隆平
西湖西畔
老廖和小赵
金雕和紫貂
刘三嫂
接送学生
如果
五指山
茅山老道
李铭
苗小毛和毛小苗
谷种和古董
鲍花和鲍发
农大师兄妹
陆冷露营识绿绫
陈处
四个打字员

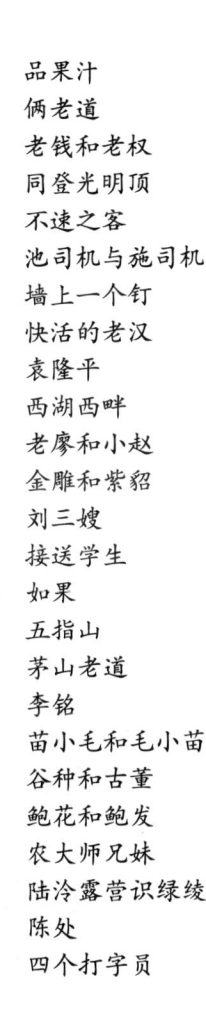

品果汁

石老师，迟老师，
持瓷匙，品果汁。
梨子汁，李子汁，
橘子汁，荔枝汁……
一瓷匙，四瓷匙，
七瓷匙，十瓷匙……
品毕果汁洗瓷匙，
洗毕瓷匙写诗词。
石老师赋橘子诗，
迟老师填荔枝词。
石亦痴，迟亦痴，
斗转星移浑不知。

（2005年2月17日写，2010年5月26日改）

【掩卷沉思】

声母"zh、ch、sh"是舌尖后音,又称翘舌音,发音时,舌尖翘起,与硬腭前端形成阻碍。这三者的区别在于,发音时气流通过舌尖与硬腭前端缝隙的强弱程度和受阻情况不同。"sh",气流顺畅通过;"zh",气流较弱,受到些许阻碍;"ch",气流较强,冲破阻碍。可闭上眼睛,细细揣摩这三者的不同,再将令中"老师(shī)""瓷匙(chí)""果汁(zhī)"等词语挑出来,加强练习,加以区分,最后再读绕口令,则事半功倍。

这是一则文人雅令,描绘出一幅"星下品汁图",急中有缓,韵味悠长,余音绕梁,主人公浑然忘我之态跃然纸上。

俩老道

南庙俩老道,
廉老道和兰老道。
俩老道都是懒老道,
反锁庙门睡懒觉儿。
毛贼撬掉门钌铞儿,
南庙首次失了盗。

廉老道叫兰老道修钌铞儿,
兰老道叫廉老道买钌铞儿。
兰老道不修钌铞儿,
廉老道也不买钌铞儿,
躺在床上睡懒觉儿。
俩老道,没料到,
南庙再次失了盗。
毛贼偷光了锅碗瓢盆勺儿,
踹倒了砖头儿灶。
廉老道抱怨兰老道,
兰老道抱怨廉老道。
抱怨累了,
接着睡懒觉儿。

(2005年1月3日写,2010年5月26日改)

生旦净末丑

【掩卷沉思】

　　有些方言区的人们发音时"n""l"不分,"男人"说成"蓝人"。莫要苦恼,此则绕口令正是解决这个问题的良方。掌握两者不同的发音方法,问题即可迎刃而解。"n"是鼻音,"l"是边音。"n"发音时,舌尖抵住上齿龈,声音从鼻腔里发出;"l"舌尖所抵部位比"n"稍后,气流从舌头两边通过,发的是边音。读此绕口令,可先慢后快,虽拗口,却有效。此令创作极富特色,且看下面这首顺口溜:

　　　　各位朋友往里瞧,南庙睡着俩老道。
　　　　丢了瓢盆倒了灶,被偷两次还睡觉。
　　　　请您喝茶歇歇脚,细细思量有门道:
　　　　廉兰两个懒老道,活灵活现纸上跳。
　　　　细节描写有功劳,塑造形象很独到。
　　　　一波三折用得妙,结尾出乎人意料。
　　　　诙谐幽默技巧高,路过朋友笑一笑。

lǎo qián hé lǎo quán
老钱和老权

lǎo qián lǎo po xìng lán
老钱老婆姓蓝,

lǎo quán lǎo gōng xìng lián
老权老公姓连。

lǎo qián yǒu quán méi qián
老钱有权没钱,

<pre>
lǎo quán yǒu qián méi quán
老权有钱没权。
lǎo qián xiǎng yǐ quán nòng qián
老钱想以权弄钱,
lǎo quán yù shǐ qián nòng quán
老权欲使钱弄权。
lǎo lán bāng zhe lǎo qián yǐ quán nòng qián
老蓝帮着老钱以权弄钱,
lǎo lián lán zhe lǎo quán shǐ qián nòng quán
老连拦着老权使钱弄权。
lǎo qián lǎo lán xiān tián hòu kǔ
老钱老蓝先甜后苦,
lǎo quán lǎo lián xiān kǔ hòu tián
老权老连先苦后甜。
</pre>

(2006年7月20日写,2010年5月27日改)

【掩卷沉思】

咦!"金钱""权力"一同入令,定有好戏。

且说这"钱""权""蓝""连"的韵母"ian""üan""an""ian","ian"属于齐齿呼,"üan"属于撮口呼,"an"属于开口呼。"ian"发音时,舌尖轻抵下齿背,上下两齿距离较近,嘴巴渐张;"üan"发音时,双唇撮圆,逐渐舒展,嘴巴渐张;"an"发音时,舌尖抵住下齿背,嘴张开,直接发音。熟知这些发音规律,再读绕口令,则化难为易。

老王巧用谐音,姓蓝谐音"性婪",姓连谐音"性廉",以此讽刺肮脏的钱权交易;又用对比手法,钱、权两家结局迥异,对比鲜明,暗藏褒贬,借此劝诫"老婆""老公"

们，把握底线，不可沉瀣一气，推波助澜。

又及，"权"姓源自子姓与芈（音 mǐ）姓，在宋版《百家姓》中列第四百零三位，见于史籍《左传》等。老王用词不虚，此为一证。老王自称"关机写稿，开机交流，散步构思"，许多佳作就是这样诞生的。

同登光明顶

老董和老等，

同登光明顶。

老董超过老等，

停在亭中等老等；

老等超过老董，

停在松下等老董。

老董说老等你别等，

光明顶上董等等；

老等说老董你别逞，

光明顶上等等董。

jiū jìng dǒng děng děng hái shi děng děng dǒng
究竟董等等还是等等董，
dá àn zài huáng shān yún hǎi zhōng
答案在黄山云海中。

（2006年9月29日写）

【掩卷沉思】

　　此令辨正韵母"ong"和"eng"，两者均属后鼻音韵母，却亦有区别：主要是起点元音的唇形不同，"ong"的起点元音"o"是圆唇音，"eng"的起点元音"e"发音时，嘴角向两边微展。

　　"董""等""登"读音相近。"等"一词多义，或是人名"老等"的"等"，或是"等待、等候"的"等"。读音绕，词义也绕，绕上加绕，难读。

　　老董老等，俩老顽童，性格鲜明，憨态可掬。结尾问题并非让人回答，却引人遐思。

bú sù zhī kè
不速之客

shī yī shī dǎ kāi diàn shì kàn zá jì
施医师打开电视看杂技，
qī zi máng xiě zhá jì lùn zá jù
妻子忙写札记《论杂剧》，
ér zi kàn wán zá zhì xiě zá jì
儿子看完杂志写杂记。
sī lǜ shī yǔ shī yī shī shì qīn qi
司律师与施医师是亲戚，

lái gēn shī yī shī jiè zá zhì
来跟施医师借杂志。

shī yī shī qǐng sī lǜ shī kàn zá jì
施医师请司律师看杂技，

ér zi shōu qǐ zá zhì hé zá jì
儿子收起杂志和杂记，

yě péi zhe sī lǜ shī kàn zá jì
也陪着司律师看杂技，

qī zi fàng xià zhá jì qù zhá jī
妻子放下札记去炸鸡。

kàn wán zá jì dǎ yá jì
看完杂技打牙祭，

lín bié wàng le jiè zá zhì
临别忘了借杂志。

（2006年11月26日写，2010年5月27日改）

【掩卷沉思】

　　声母"z""zh"的明显区别在于，"z"发音时舌头平伸，气流从舌尖和上齿的缝隙中通过；"zh"发音时舌尖翘起，气流从舌尖和硬腭前端的缝隙中通过。"z"是平舌音，"zh"是翘舌音，牢记这一要点，再读此令，将对区分"z""zh"发音大有帮助。

　　海明威写作多用"动词"，因为"动词是骨头"，有画面感和张力。此令亦如此，选取一个生活片段，多用动词表现，画面感强，信息量大，对不速之客略有提醒。

池司机与施司机

慈溪市,池司机,

运生丝,去石狮;

石狮市,施司机,

运荔枝,去慈溪。

中途遭遇碧利斯,

会车擦掉两块漆。

慈溪生丝无损失,

石狮荔枝无损失。

池司机不怪施司机,

施司机不怪池司机。

池司机平安到石狮,

施司机顺利抵慈溪。

注:碧利斯是当时一强热带风暴名。

生旦净末丑

(2006年12月24日写)

【掩卷沉思】

此令与上一则《不速之客》的功能相同,亦是区分平舌音"c""s"与翘舌音"ch""sh"。

事故不断,善后不清,多因你不让我,我不让你。不如学学池司机、施司机,和谐相让,互相体谅,那世上将会减少多少纷争?

墙上一个钉

墙上一个钉,钉上挂着笙,
笙下一张桌,桌上点着灯,
灯旁一个僧,僧手拿着经。
眼睛盯着经,心中想着笙。
僧说僧念经,灯说经念僧。
僧吹桌上灯,扔掉手中经,
摘下钉上笙,拔掉挂笙钉。
自此不做僧,吹笙度此生。
吹得一流笙,胜过三流僧。

(2007年7月27日写)

【掩卷沉思】

"钉""笙""灯""僧",韵母有二,"ing""eng"。这两者都是后鼻音韵母,发音区别主要是起点元音"i"和"e"的不同。起点元音之后舌根抬起,与软腭接触,受阻气流由鼻腔透出。

前半部分用顶真手法,环环紧扣,步步深入,绘出一幅"僧人灯下读经图",若按此思路下去,则落入俗套;不料老王笔锋一转,僧人竟然舍经吹笙,疑无路处,柳暗花明。

"吹得一流笙,胜过三流僧",即找准最佳位置,宁为鸡头,不为牛后——也是成功路一条。

据此做出一句话绕口令:小僧吹灯扔经摘笙拔钉去吹笙。见笑。

kuài huo de lǎo hàn

快活的老汉

tiāo zhe biǎn táo guò bǎn qiáo

挑着扁桃过板桥,

qiáo jiàn bǎn qiáo quē bǎn tiáo

瞧见板桥缺板条。

mài le biǎn táo mǎi bǎn tiáo

卖了扁桃买板条,

mǎi le bǎn tiáo xiū bǎn qiáo

买了板条修板桥。

xiū hǎo bǎn qiáo shōu biǎn táo
修好板桥收扁桃，

shōu lái biǎn táo mài biǎn táo
收来扁桃卖扁桃。

（2004年写，2010年改）

【掩卷沉思】

"桃""条"的韵母"ao"与"iao"都是元音构成的复韵母。发音时，先发打头的元音，之后快速向后面的元音过渡。"i"发音时，嘴微张，唇呈扁平形，舌尖轻抵下齿背，气流从舌面前部与硬腭前端的缝隙中通过。揣摩"ao""iao"发音的过程，便可读准字音。"板""扁"的韵母"an""ian"发音时也是这个方法，只是韵尾归音到n。

元朝施惠《幽闺记·皇华悲遇》说："与人方便，与己方便。"老汉修桥助人，与此同时，亦为自己打开方便之门，正所谓"爱出者爱返，福往者福来"，心中有"爱"，自然"快活"。

yuán lóng píng

袁隆平

rén shuō nǐ zuì néng
人说你最能，

wǒ shuō nǐ zuì nóng
我说你最农。

nǐ shì nóng zhōng zhī néng
你是农中之能，

nǐ shì néng zhōng zhī nóng
你是能中之农。
nǐ shì nóng zhōng zhī nóng
你是农中之农，
nǐ shì néng zhōng zhī néng
你是能中之能！
zhì rú lóng zhōng wò lóng
智如隆中卧龙，
gōng zhuī wěi rén xiǎo píng
功追伟人小平。
liǎn shàng zhòu wén zònghéng
脸上皱纹纵横，
jī chǎng wú rén cù yōng
机场无人簇拥。
gōnggēng yuán shàng wò tǔ
躬耕"袁"上沃土，
wēn bǎo sì hǎi zhòng shēng
温饱四海众生。
wěi zāi nóng zhōng zhī néng
伟哉，农中之能！
gāo zāi néng zhōng zhī nóng
高哉，能中之农！

注：嵌有"袁隆平"三字。

（2010 年 5 月 29 日写）

【掩卷沉思】

嵌名绕口令，老王独创；为"杂交水稻之父"袁隆平写绕口令，老王独创。

韵母"eng"和"ong"，山东鲁东南地区易于混读。

明确两者的区别,"eng"不圆唇,"ong"圆唇,即可区分。

《袁隆平》既丰富了绕口令创作手法,又拓展了绕口令内容,仅凭这两点,它就足以在绕口令中鹤立鸡群。

此令对袁隆平充满赞誉,绝非妄语。美国科学院在授予袁隆平外籍院士时称:"袁隆平先生发明的杂交水稻技术,为世界粮食安全作出了杰出贡献,增产的粮食每年为世界解决了7000万人吃饭问题……"老王撰写此令,也是对袁隆平的写照和评价。

西湖西畔

老胡西湖西畔拉京胡,

小胡西湖西畔卖西服。

老胡陶醉京胡,

小胡吆喝西服。

西风吹走西服,

西服掉进西湖。

小胡跳进西湖捞西服,

西湖留下西服拖住小胡。
老胡扔下京胡脱下西服,
跳进西湖救出小胡,
还要跟西湖要回西服。
小胡拉住老胡递上京胡,
不让老胡下西湖要西服。

(2010年6月4日写)

【掩卷沉思】

　　此令快读不易,绕口之处在于声母"h""f"。两者发音部位迥然相异,"h"是舌根音,"f"是唇齿音。发"h"音时,舌面后部必须抬高,向硬腭靠近,才能读准。

　　"老胡救人"的故事发生在西湖边,情节一波三折,张弛有度。老胡"送佛送到西",救人还要捞西服;小胡心存感恩,怎肯让恩人再跳湖捞西服?两人性格跃然纸上,紧张中颇见风致。

　　老胡、小胡,两人是亲戚、邻居,还是陌生人?留下了悬念。

老廖和小赵

湖南老廖,云南支教,

房东老赵,世代采药。

老廖到校,正教小赵。

小赵聪颖,有点浮躁,

基础不牢,成绩不妙。

老赵说小赵不是读书的料,

不如辍学去采药。

老廖劝老赵:

"小赵年少,孺子可教;

辍学采药,不是正道。"

老廖天天给小赵开小灶,

小赵天天吃老廖的小灶。

老廖的小灶营养了小赵,

xiǎo zhào de jìn bù jī lì le lǎo liào
小赵的进步激励了老廖。
lǎo zhào wā cǎo yào bǎo zhàng le xiǎo zhào
老赵挖草药保障了小赵,
xiǎo zhào áo cǎo yào zī bǔ le lǎo liào
小赵熬草药滋补了老廖。
jǐ nián hòu
几年后,
hú nán lǎo liào huí dào hú nán gāo xiào
湖南老廖回到湖南高校,
yún nán xiǎo zhào kǎo dào hú nán gāo xiào
云南小赵考到湖南高校。
lǎo liào yōng bào xiǎo zhào
老廖拥抱小赵,
xiǎo zhào yōng bào lǎo liào
小赵拥抱老廖。

(2010年6月5日写)

【掩卷沉思】

"廖""教""灶""赵"四字的韵母为"iao""ao",发音时掌握一个原则,"iao"打头的元音是"i",先发"i",再过渡到"ao",即可与复合韵母"ao"区别开来。

你道这则绕口令中的"小赵"是谁?正是在下!老王迎难而上,为写赵而写赵,不露斧凿痕。遥想当初,小赵揽下为绕口令点评一事时,"基础不牢,成绩不妙",唯恐不能添彩,反而抹黑。幸亏老王悉心指点,小赵对绕口令才略懂一二。一路走来,磕磕绊绊,"个中滋味谁知晓"。回想往事,百感交集。

金雕和紫貂

京郊两把刀,
金刀和紫刀。
金刀养金雕,
紫刀养紫貂。
金雕天上雕,
紫貂地上貂。
金刀的金雕,
叼走了紫刀的紫貂;
气紫的紫刀,
套住了金刀的金雕。
金刀提着刀,
跟紫刀要金雕。

zǐ dāo cāo qǐ dāo
紫刀操起刀，
ràng jīn dāo péi zǐ diāo
让金刀赔紫貂。
jīn dāo hé zǐ dāo
金刀和紫刀，
jīng jiāo shuǎ dà dāo
京郊耍大刀。
shā chū chéng yǎo jīn
杀出程咬金，
zhì fú liǎng bǎ dāo
制伏两把刀。
jīn dāo péi zǐ diāo
金刀赔紫貂，
zǐ dāo fàng jīn diāo
紫刀放金雕。

(2010年6月7日写)

【掩卷沉思】

韵母"ao""iao"辨正，详见《快活的老汉》《老廖和小赵》。

带有武侠风味的顺口溜式绕口令，"金刀"和"紫刀"出场前分别做了层层铺垫，两刀相争，难解难分，咋办？老王差点收不了尾，好在"半路杀出程咬金"，形势陡转，化险为夷，读来引人入胜。

刘三嫂

娄三嫂讥笑刘三嫂草山栽枣，
刘三嫂不顾娄三嫂，
贪黑起早草山栽枣。
刘三嫂劝说娄三嫂草山栽枣，
娄三嫂不信刘三嫂。
……
娄三嫂嫉妒刘三嫂枣山摘枣，
刘三嫂不怪娄三嫂，
送给娄三嫂一篓枣。
娄三嫂服了刘三嫂，
帮刘三嫂枣山摘枣。
娄三嫂请求刘三嫂，

lái nián bāng tā cǎo shān zāi zǎo
来年帮她草山栽枣。
liú sān sǎo dā ying le lóu sān sǎo
刘三嫂答应了娄三嫂，
lóu sān sǎo liǎn hóng de xiàng gè zǎo
娄三嫂脸红得像个枣。

（2010年6月8日写）

【掩卷沉思】

声母"z""c"均属于塞擦音，发音时舌尖对着上齿背，气流通过舌尖后部与上齿龈的缝隙，两者区别在于"z"不送气，"c"送气。

前响复合元音"ou"，舌位由低向高滑动，开头响亮清晰，收尾短轻模糊；而中响复合元音"iu（iou 的缩写）"，舌位却由高向低滑动，开头并不响亮，且很短促，中间才响亮清晰，收尾也是短轻模糊。

谁说只有宰相肚里能撑船？刘三嫂的度量也非同一般，面对讥笑、嫉妒，她能一笑了之，不作计较，与此同时还以心换心，不忘为娄三嫂考虑，邀其共同致富，这是何等境界？"路遥知马力，日久见人心"，娄三嫂最终认识到了草山种枣的益处，心生惭愧。

娄三嫂为何最后觉醒？一是刘三嫂的宽容，二是刘三嫂用事实说话，"事实胜于雄辩"嘛！

接送学生

苗茵菌的女儿毛菌茵，
毛菌茵的同学茅菌菌，
茅菌菌的妈妈苗菌茵，
苗菌茵的姐姐苗茵菌。
毛菌茵的姨妈苗菌茵，
茅菌菌的姨妈苗菌茵。
不是苗茵菌接送毛菌茵和茅菌菌，
就是苗菌茵接送茅菌菌和毛菌茵。

（2013年2月3日写）

【掩卷沉思】

此令绕口更绕脑，绕来绕去绕晕了。
关键在于辨字音，毛苗菌茵来回绕。
要想读好绕口令，弄清关系不可少。
同学姊妹想清楚，读好此令不煎熬。

如果

小左烤炉火，

小索吃炉馃。

小左饿得肠鸣，

小索冻得瑟缩。

小左想吃炉馃，

连说："如果，如果……"

小索说："炉馃，炉馃，

你烤你的炉火，

我吃我的炉馃。"

小左说："我没说'炉馃'，

我说的是'如果'。"

小索说："'如果'什么？"

小左说："如果你先给我炉馃，

wǒ jiù ràng nǐ kǎo lú huǒ
我就让你烤炉火。"
xiǎo suǒ shuō rú guǒ nǐ xiān ràng wǒ kǎo lú huǒ
小索说:"如果你先让我烤炉火,
wǒ jiù ràng nǐ chī lú guǒ
我就让你吃炉馃。"
xiǎo zuǒ jiān chí xiǎo zuǒ de rú guǒ
小左坚持小左的"如果",
xiǎo suǒ jiān chí xiǎo suǒ de rú guǒ
小索坚持小索的"如果"。
xiǎo zuǒ méi chī dào xiǎo suǒ de lú guǒ
小左没吃到小索的炉馃,
xiǎo suǒ méi kǎo dào xiǎo zuǒ de lú huǒ
小索没烤到小左的炉火。

注:炉馃是东北的一种点心。

(2010年6月11日写)

【掩卷沉思】

"如果""炉火""炉馃"涉及两组读音辨正,"r"与"l","g"与"h"。

其中,"r"是翘舌音,发音时,嘴微张,舌尖翘起,气流从舌尖与硬腭前端之间的缝隙通过;而"l"属于边音。"g"与"h"都是舌根音,"g"是舌根隆起抵住软硬腭交界处,形成阻塞,瞬间解除阻塞发声;"h"是舌根隆起接近软硬腭交界处,形成间隙,气流摩擦通过成声。

"炉馃"承载着东北人的集体记忆,其名收录于汪明等主编的《中华名优风味小吃》一书。从道德层面来讲,

"与人方便"方能"与己方便",小左和小索反其道而行之,要求"与己方便",才肯"与人方便",僵持不下,结果一个受冻,一个挨饿。其实,小左和小索完全可以平等交换,共享彼此的资源,也能有效利用资源,利人利己。

五指山

武紫仙,披紫衫,

五指山中寻紫杉。

吴子三,劝紫仙:

五指山中无紫杉。

云遮雾罩五指山,

紫仙迷路五指山。

吴子三进五指山,

五指山中寻紫仙。

(2010年6月12日写)

【掩卷沉思】

此令中,"仙""山","紫""指"两组读音的辨析是关键。"x""sh",前者是舌面音,后者是翘舌音;"z""zh",前者平舌音,后者翘舌音。

　　一个好心相劝,一个执着寻杉。寥寥数语营造出诗的意境,"武紫仙"人如其名,许是到五指山成了仙吧。只在此山中,云深不知处。

茅山老道

大老道火眼金睛乾坤眺,

二老道天网恢恢乾坤罩,

三老道九曲连环乾坤套,

四老道魔饵神钩乾坤钓,

四老道联手缉拿江洋盗。

乾坤眺眺到了杀人越货江洋盗,

通报给乾坤罩、乾坤套和乾坤钓。

乾坤罩罩住了罪大恶极江洋盗,

这壁厢乾坤套布下了乾坤套,

那壁厢乾坤钓钓上了江洋盗。

héng xíng bà dào xiāo yáo fǎ wài jiāng yáng dào
横行霸道逍遥法外江洋盗，
zāi dǎo yú shì wài gāo rén máo shān lǎo dào
栽倒于世外高人茅山老道！

（2010年6月18日写）

【掩卷沉思】

"老""道""眺"三字的声母分别为"l、d、t"，均属于舌尖中音，但发音方法有所不同。"l"是边音，舌尖抵住上齿龈后部，气流从舌头与两颊内侧形成的空隙通过而成声；"d"发音时，舌尖从上齿龈处弹开，不送气；"t"发音时，发音部位与"d"相同，但能明显感觉一股气流冲出，是为送气音。

这则绕口令带有武侠风味，十分罕见，自是老王独创。单是几个老道的绰号，就值得玩味，如"火眼金睛"修饰"眺"，"天网恢恢"修饰"罩"，恰当熨帖，而"眺""罩"等字押韵又绕口。几个老道联袂出击，擒拿江洋盗，情节完整，细节饱满，好玩又绕口，相信舞台效果不错。

李铭

李铭本名叫李民，
李民笔名叫李铭。

有人只知道他的本名，
不知道他的笔名；
有人只知道他的笔名，
不知道他的本名；
有人先知道他的笔名，
后知道他的本名；
有人先知道他的本名，
后知道他的笔名。
有人跟李铭打听李民，
有人跟李民打听李铭。
我说：
李铭就是出类拔萃的李民，
李民就是遐迩闻名的李铭。

注意：

我不说大名鼎鼎，

也不说赫赫有名。

因为，

李民脚踏实地，

李铭不图虚名。

（2015 年 8 月 31 日写）

【掩卷沉思】

　　李铭，确有其人，辽宁朝阳籍作家。他将短篇小说集《星星点灯》送给老王后，老王有感而发，信笔写下这则绕口令。以真人真事入令，在"李民""李铭"上巧做文章，区分前鼻音韵母"in"和后鼻音韵母"ing"，既绕口绕脑，又颇具生活气息，还对李铭脚踏实地、不图虚名的创作态度给予赞赏，岂不妙哉！

苗小毛和毛小苗

苗小毛和毛小苗,
一个班里俩歪桃。
苗小毛梳左歪桃,
毛小苗梳右歪桃。
老师批评苗小毛,
苗小毛说批评毛小苗;
老师表扬苗小毛,
毛小苗说表扬毛小苗。
同学喊小毛,
苗小毛说喊她,
她的名字是小毛;
毛小苗说喊她,
她的姓是毛。

tóng xué hǎn xiǎomiáo
同学喊小苗,

máo xiǎomiáo shuō hǎn tā
毛小苗说喊她,

tā de míng zi shì xiǎomiáo
她的名字是小苗;

miáo xiǎo máo shuō hǎn tā
苗小毛说喊她,

tā de xìng shì miáo
她的姓是苗。

lǎo shī bǎ miáo xiǎo máo jiào zuò wāi táo
老师把苗小毛叫左歪桃,

miáo xiǎo máo shū chéng le yòu wāi táo
苗小毛梳成了右歪桃;

tóng xué bǎ máo xiǎomiáo jiào yòu wāi táo
同学把毛小苗叫右歪桃,

máo xiǎomiáo shū chéng le zuǒ wāi táo
毛小苗梳成了左歪桃。

qì de lǎo shī zuǐ ba néng guà sháo
气得老师嘴巴能挂勺,

qì de tóng xué zuǐ ba xiàng gè piáo
气得同学嘴巴像个瓢。

(2010年6月18日写)

【掩卷沉思】

此令用于辨析韵母"iao""ao",效果不错。只须记住,"iao"多出一个"i"音,与声母"m"相拼时,切莫丢掉"i"音,否则"iao"就变成"ao",二者就易于混淆了。

老王以"苗"和"毛"做文章,演绎出这场师生喜剧。

苗小毛和毛小苗机灵调皮的形象,跃然纸上,呼之欲出。至"挂勺""像瓢"达到高潮,戛然而止,留有余味。既练口,又愉悦身心。

gǔ zhǒng hé gǔ dǒng

谷种和古董

gǔ zǒng yǒu yí lì gǔ zhǒng
谷总有一粒谷种,

bǔ zǒng yǒu yí jiàn gǔ dǒng
卜总有一件古董。

gǔ zǒng de gǔ zhǒng
谷总的谷种,

shì tài kōng yù zhǒng zhī gǔ zhǒng
是太空育种之谷种;

bǔ zǒng de gǔ dǒng
卜总的古董,

shì yīn xū bǔ cí zhī gǔ dǒng
是殷墟卜辞之古董。

bǔ zǒng zhì diàn gǔ zǒng
卜总致电谷总,

yào yòng gǔ dǒng huàn gǔ zhǒng
要用古董换谷种。

gǔ zǒng fù diàn bǔ zǒng
谷总复电卜总,

bù yǐ gǔ zhǒng huàn gǔ dǒng
不以谷种换古董——

gǔ zhǒng kě yǐ fán yù gǔ zhǒng
谷种可以繁育谷种,

gǔ dǒng bù néng fán yù gǔ dǒng
古董不能繁育古董!

（2010年6月27日写）

【掩卷沉思】

　　卜，读 bǔ。"谷""卜"读音均含有单韵母"u"，发音时嘴唇拢成小圆形，稍向前突，不可噘唇。至于"种""董"，则涉及韵母"ong"，发音时舌根向后抬起，与软腭接触，唇形始终拢圆。

　　此令情节完整，简单好懂，读起来却并不容易。各句字数不等，长短交错，"种""总"难辨，"谷""卜"易混，"绕口"十分明显，艺术特色鲜明。

bào huā hé bào fā
鲍花和鲍发

jiě jie bào huā
姐姐鲍花，

dì di bào fā
弟弟鲍发。

bào huā huì bào bào mǐ huā
鲍花会爆爆米花，

bào fā zuò mèngxiǎng bào fā
鲍发做梦想暴发。

bào huā kào bào bào mǐ huā hú kǒu yǎng jiā
鲍花靠爆爆米花糊口养家，

bào fā tiān tiān gēn bào huā yào líng huār
鲍发天天跟鲍花要零花儿。

生旦净末丑

bào huā bù gěi bào fā líng huār
鲍花不给鲍发零花儿，
yào jiāo bào fā bào bào mǐ huā
要教鲍发爆爆米花。
bào fā bù gēn bào huā xué bào bào mǐ huā
鲍发不跟鲍花学爆爆米花，
shuō bào bào mǐ huā zhī gòu líng huā méi fǎ bào fā
说爆爆米花只够零花没法暴发，
dāng cǎi mín tiān tiān zhuā nián nián zhuā cái néng bào fā
当彩民天天抓年年抓才能暴发。
bào fā tiān tiān zhuā nián nián zhuā yě méi bào fā
鲍发天天抓年年抓也没暴发，
chéng le bào jiā bài jiā de bào zhuā
成了鲍家败家的“暴抓”。

(2010年7月8日写)

【掩卷沉思】

“花”和“发”读音含有极易混淆的声母“h”“f”，两者的发音部位不同。h属于舌根阻清擦音，舌根隆起，接近于硬腭与软腭的交界处，形成间隙，发音时使气流从此间隙中摩擦通过；而f属于唇齿阻清擦音，发音时，下唇与上齿靠拢，气流从唇齿形成的间隙摩擦流出。

此令中姐姐授人以渔，用心良苦，奈何弟弟不懂，只想坐享其成，妄想“暴发”，结果成了“暴抓”。对金钱的欲望遮蔽了鲍发的眼睛，使其看不到靠双手致富的可贵，最终迷失于对金钱的妄想中，可悲，可叹。

农大师兄妹

刘镇牛村牛奋发,

牛镇刘村刘凤花。

奋发遇挫不奋发,

凤花遇挫愈奋发。

奋发迷恋杠上花,

凤花培植鲜切花。

凤花电话激奋发:

"牛气冲天牛奋发,

只见'牛粪'不见发!"

奋发登门谢凤花:

"凤花一语救奋发!"

凤花奋发共育花,

鲜花远销欧罗巴。

(2010年7月11日写)

生旦净末丑

【掩卷沉思】

"刘""牛"的声母是一些方言区难以区分的"l"和"n",须牢记"l"是边音,"n"是鼻音;"发""花"的声母"h""f"区分不易,须牢记"h"是舌根音,"f"是唇齿音,两者发音部位不同。之后,再缓慢读出,细细体会,待熟悉之后,加快速度,便可有效辨正这两对易于混淆的声母"冤家"。

此令中,"杠上花"即"杠上开花",麻将用语,此处借指麻将。"鲜切花"又名"切花",是花卉装饰的叶、花、果等植物材料,例如月季、康乃馨、菊花和唐菖蒲是世界著名四大切花。

麻将,源自唐代,愉悦性很强,玩麻将可调节身心,锻炼心智;但若"以金钱为诱惑力",便会上瘾,带来后患。以麻将用语入令,富含生活气息,并寓以劝诫之意,莫要"迷恋杠上花"。

刘凤花以人名"牛奋发"做文章(立志则为"牛－奋发",丧志则为"牛粪－发"),激将、责备、爱护之意迭出,一语惊醒梦中人,彰显了语言的魅力。

lù líng lù yíng zhì lù líng
陆泠露营识绿绫

hóng líng de mèi mei lù líng
红绫的妹妹绿绫,

hóng líng de tóng xué lù líng
红绫的同学陆泠。

hóng líng lù líng qù lù yíng
红绫绿绫去露营，

lù yíng dì xiè hòu lù líng
露营地邂逅陆泠。

hóng líng bǎ lù líng jiè shào gěi lù líng
红绫把绿绫介绍给陆泠，

bǎ lù líng jiè shào gěi lù líng
把陆泠介绍给绿绫。

lù líng hé lù líng tóng líng dōu shǔ lóng
陆泠和绿绫同龄都属龙，

yí jiàn rú gù rú yǐng suí xíng
一见如故如影随形。

hóng líng suī rán shǔ hóng yǎn tù
红绫虽然属红眼兔，

kàn lù líng lù líng qīn mì wú jiàn què bù yǎn hóng
看绿绫陆泠亲密无间却不眼红。

(2015年8月7日写)

【掩卷沉思】

"十二生肖只有'龙'押韵，兔比龙大一岁，恰好兔红眼，但人不眼红。"写罢绕口令，老王如是批注。

"绫""泠"声母"l"，属于边音，发音时舌尖抵住软腭，在中部对气流形成阻塞，让气流从舌头两边通过。"营"的读音属于整体认读音节，读作"yíng"。

"陆""绿"的韵母分别是"u""ü"。读"u"时，嘴巴要拢圆，双唇中间只留一个小孔，舌头往后缩，例如"乌龟"。读"ü"时，嘴巴同样要拢圆，就像吹笛子一样，舌尖抵住下齿背，例如"金鱼"。

此令情节不复杂，准确速读却并不容易。按照上述方法，仔细辨析几组易混淆的声母和韵母的读法，再读几遍试试吧。

陈处
chén chù

chén cù chǎng chén chù zhǎng rén chēng chén chù
陈醋厂陈处长人称陈处，

chén chù de ér zi jiào chén shù
陈处的儿子叫陈树，

chén shù de mèi zi jiào chén sù
陈树的妹子叫陈素。

chén sù xiàng chén chù chén shù
陈素向陈处陈述：

chén shù xiàn zhì chén sù chī chén cù
陈树限制陈素吃陈醋；

chén shù xiàng chén chù chén sù
陈树向陈处陈诉：

chén sù bú ràng chén shù chī chún cù
陈素不让陈树吃醇醋。

chén chù zhǔ fù chén sù bú yào tān chī chén cù
陈处嘱咐陈素不要贪吃陈醋，

chén chù gào sù chén shù chún cù bù rú chén cù
陈处告诉陈树醇醋不如陈醋。

（2010年7月19日写）

【掩卷沉思】

　　这则绕口令,除了锻炼元音"u"的发音外,还对翘舌音"zh、ch、sh"和平舌音"c、s"进行了辨正。"u"的发音要领,即双唇拢成圆形。翘舌音与平舌音的区别在于气流通过的部位不同,前者从舌尖与硬腭前端缝隙流出,后者则从舌尖和上齿背的缝隙流出。抓住要领,区分不难。

　　此令"处""醋""树""素"等音近字纷至沓来,应接不暇,煞是有趣。

sì gè dǎ zì yuán
四个打字员

mín jìn de níng ning qù zhǎo mín jiàn de líng ling
民进的凝凝去找民建的凌凌,

mín jiàn de líng ling qù zhǎo mín gé de méngmeng
民建的凌凌去找民革的萌萌,

mín gé de méngmeng qù zhǎo mín méng de míngming
民革的萌萌去找民盟的茗茗,

mín méng de míngming qù zhǎo mín jìn de níng ning
民盟的茗茗去找民进的凝凝。

míngming méi zhǎo dào níng ning
茗茗没找到凝凝,

níng ning méi zhǎo dào líng ling
凝凝没找到凌凌,

líng ling méi zhǎo dào méngmeng
凌凌没找到萌萌,

méngmeng méi zhǎo dào míngming
萌萌没找到茗茗。

（2011年12月6日写）

【掩卷沉思】

绕口令中巧妙运用顶真手法，人名互相呼应。"凝""凌"，区分了鼻音"n"与边音"l"，前文多有辨析，不再赘述；"萌""茗"，分辨了后鼻音韵母"eng"与"ing"。在很多方言区，前鼻音与后鼻音不分，如"en"与eng，"in"与"ing"，两者的区别在于，前鼻音归音时舌尖抵住上齿龈，后鼻音归音时舌根接触软腭。发音时，发音部位要"各就各位"，并强化练习，养成习惯，功到自然成。

婚恋天地

新婚之夜
约会
黄龙和黄菱
伴郎
爱屋及乌
俩裁缝
围巾
表链
错位球缘
连发和莲花
戚叹叹
小裴和小彭
房东和房客
郑姐正，程哥诚

新婚之夜

独女商芝,独子桑梓,

四月十四,喜结连理。

新婚之夜,面红耳赤,

争论话题,孩子姓氏。

申酉戌亥,直到子时,

订立协议,黑字白纸。

双姓双名,不偏不倚:

若是女孩,商桑梓芝;

若是男孩,桑商芝梓。

你中有我,我中有你,

商芝桑梓,皆大欢喜。

(2005年9月8日写)

【掩卷沉思】

你可见过有关"新婚之夜"的绕口令?恐怕这是第

一则。

　　读好此令的前提,须掌握平舌音"s""z"与翘舌音"sh""zh"的区别及发音要领,顾名思义,平舌音发音时,舌头平伸,舌尖与上齿背形成缝隙;翘舌音发音时,舌尖翘起,与硬腭前端形成缝隙,气流通过时摩擦发音。

　　老王将"梓""赤""芝""氏"等诸多同韵字嵌入绕口令,绕来绕去,颇有情趣;在句中句末皆设机关,如"独女商芝,独子桑梓"中,除"梓""芝"押韵外,同韵字"商""桑"在句中遥相呼应。

　　以"新婚之夜"入令,既表现了日常生活的情景,丰富了绕口令题材,又为如何确定"孩子姓氏"提出了建议——夫妻双方,"平等协商"。两全其美,岂不妙哉!

约会

董瓶和彭鼎,
酷爱看电影。
不是鼎约瓶,
就是瓶约鼎。
一个先来到,

lìng gè hái méi yǐng
另个还没影。

dà duō dǐng děng píng
大多鼎等瓶,

jí shǎo píng děng dǐng
极少瓶等鼎。

ǒu ěr píng děng dǐng
偶尔瓶等鼎,

chà diǎn xīn jī gěng
差点心肌梗。

(2006年2月4日写,2010年5月25日改)

【掩卷沉思】

此令绕就绕在"董瓶"和"彭鼎"的读音上,均含有声母"d""p"。这两者发音方法不同,发"d"音时,嘴巴微张,气流将舌尖从上齿龈处弹开,忽然消散,短促有力;而"p"音,双唇并拢,一股气流冲开双唇,发出爆破音"p",有明显的送气感。

读罢此则,会心一笑。细细思索,其幽默之处有二。

其一,十句,五十个字,将"瓶"和"鼎"巧妙安排其中,字词排列得体,速读则"乒乓"不已,产生了幽默的艺术效果;其二,女方董瓶习惯被等而不能等人,偶尔等人,"差点心肌梗",用夸张手法尽显其霸道与娇气。

绕口令选取生活中的小片段,真实可信,活泼风趣,生活气息十分浓郁。

黄龙和黄菱

黄龙家住黄陵打工黄龙,
黄菱家住黄龙打工黄陵。
黄陵的黄龙是黄菱的房东,
黄龙的黄菱是黄龙的房东。
一个春夏秋冬,
几番风雨阴晴。
男房客成了乘龙婿,
女房客成了新房东。

(2005 年 5 月 22 日写)

【掩卷沉思】

初读此令,小赵不觉得难,再读几遍,竟如入迷宫,头绪难觅。

"难"在何处?其一,"黄龙""黄菱"读音反复、交叉出现,令人不辨"南北";其二,"黄龙"既是人名,又是地名,意义不断转换,故意造成误会,让人费解;其三,"黄陵""黄菱"音同，效果与"黄龙"一样。

我们来分析一下，如何读准"龙""陵"。它们声母相同，韵母有异，分别为"ong""ing"。两者皆为后鼻音韵母，区别在于："ong""ing"打头的元音不同，"o"发音时嘴唇拢圆，"i"发音时嘴唇展开，再向"ng"过渡。

在此基础上，读好此令，说难也不难。打开陕西地图，弄清"黄龙""黄陵"方位，黄陵在西，黄龙在东，便于形象记忆；再弄清"黄龙"在令中何时是地名，何时是人名；最后了解情节，黄龙和黄菱互为房东，相识相恋。难读问题，迎刃而解！

老王系扣，小赵解扣。化解难点，有助记诵。

bàn　　láng
伴　郎

lán láng zhù nán yáng
蓝郎住南阳，

luán láng zhù miányáng
栾郎住绵阳，

lián láng zhù xiányáng
廉郎住咸阳。

lán láng de　gū　mā　shì　luán láng de niáng
蓝郎的姑妈是栾郎的娘，

luán láng de　gū　mā　shì　lián láng de niáng
栾郎的姑妈是廉郎的娘，

新编绕口令（第2版）

lián láng de gū mā shì lán láng de niáng
廉郎的姑妈是蓝郎的娘。

lán láng de jiù mā shì lián láng de niáng
蓝郎的舅妈是廉郎的娘，

lián láng de jiù mā shì luán láng de niáng
廉郎的舅妈是栾郎的娘，

luán láng de jiù mā shì lán láng de niáng
栾郎的舅妈是蓝郎的娘。

nán yáng lán láng qǔ xīn niáng
南阳蓝郎娶新娘，

mián yáng luán láng dāng bàn láng
绵阳栾郎当伴郎；

mián yáng luán láng qǔ xīn niáng
绵阳栾郎娶新娘，

xián yáng lián láng dāng bàn láng
咸阳廉郎当伴郎。

xián yáng lián láng mì xīn niáng
咸阳廉郎觅新娘，

nán yáng lán láng dāng hóng niáng
南阳蓝郎当红娘。

mì dé xiāng yáng liǔ xiāng náng
觅得襄阳柳香囊，

lián láng xiāng náng xǐ chéng shuāng
廉郎香囊喜成双。

xián yáng lián láng qǔ xiāng náng
咸阳廉郎娶香囊，

mián yáng luán láng zuò bàn láng
绵阳栾郎做伴郎。

（2005年写，2010年5月27日改）

【掩卷沉思】

此令宛若九连环,绕中套绕:第一,此令既要区分边音"l"与鼻音"n"等,又要区分前鼻音韵母"an""ian""uan"和后鼻音韵母"ang""iang"等。各字读音同中有异,异中有同,"把许多这样的字安插在一句话里头,说快了就容易'串'"(吕叔湘语)。如"蓝郎住南阳"一句,"蓝"和"南"声母难分,韵母相同,"郎"和"阳"韵母相同,间隔反复,韵味十足,读起来自然绕口。第二,将自己代换其中,"我"姑父的姐或妹嫁给了"我"的舅父,即可弄明白各方关系。"亲上加亲",又不违伦常。结构巧妙,层次分明。弄明白绕"脑"机关所在,读好自然不难。

此令如一道智力题,错综复杂,又井井有条,颇具特色。

ài wū jí wū
爱屋及乌

lǚ róu ài lǚ yóu bú ài jí yóu
吕柔爱旅游不爱集邮,

lǐ yóu ài jí yóu bú ài lǚ yóu
李尤爱集邮不爱旅游。

lǚ róu ǒu ěr jí yóu xiè hòu lǐ yóu
吕柔偶尔集邮邂逅李尤,

lǐ yóu ǒu ěr lǚ yóu yòu xiè hòu lǚ róu
李尤偶尔旅游又邂逅吕柔。

lǚ róu yīn ài lǐ yóu ér ài jí yóu
吕柔因爱李尤而爱集邮,
lǐ yóu yīn ài lǚ róu ér ài lǚ yóu
李尤因爱吕柔而爱旅游。
lǚ róu bāng lǐ yóu jí yóu
吕柔帮李尤集邮,
lǐ yóu péi lǚ róu lǚ yóu
李尤陪吕柔旅游。

(2010年2月22日写)

【掩卷沉思】

这则绕口令绕在"i""ü"。发音时,舌头位置相同,易于混淆。区别在于,"i"是不圆唇元音,而"ü"是圆唇元音。在发韵母"ü"音时,莫忘撮唇的动作。

老王寥寥数语讲述了一个温馨动人的爱情故事,这真是一个美丽的邂逅。《尚书大传·大战》云:"爱人者,兼其屋上之乌。"此令中字句并无"爱屋及乌"字眼,笔笔却在写"爱屋及乌",恋人之间此种微妙心理恰是对"爱屋及乌"最好的诠释。

liǎ cái feng
俩裁缝

cái cái feng chái cái feng
才裁缝,柴裁缝,
yí gè pù zi zuò cái feng
一个铺子做裁缝。
cái cái feng huì féng bú huì cái
才裁缝会缝不会裁,

chái cái feng huì cái bú huì féng
柴裁缝会裁不会缝。

cái cái feng lí bu kāi chái cái feng
才裁缝离不开柴裁缝，

chái cái feng lí bu kāi cái cái feng
柴裁缝离不开才裁缝。

chái cái feng ài shàng le cái cái feng
柴裁缝爱上了才裁缝，

cái cái feng jià gěi le chái cái feng
才裁缝嫁给了柴裁缝。

chái cái feng　cái cái feng
柴裁缝，才裁缝，

shēng le luán shēng lóng hé fèng
生了孪生龙和凤，

zhǎng dà dōu xué zuò cái feng
长大都学做裁缝。

jīng yú cái　qiǎo yú féng
精于裁，巧于缝，

zài bú shì bàn lǎ bèn cái feng
再不是半拉笨裁缝。

（2008年8月30日写，2010年5月30日改）

【掩卷沉思】

　　此令意在区分平舌音"c"和翘舌音"ch"。"c""ch"发音时，舌尖所处部位不同，掌握此规律，读起来就容易多了。

　　才裁缝和柴裁缝互补长短，互惠互利，日久生情，有情人终成眷属。"龙生龙，凤生凤"，"雏凤清于老凤声"。

此令时间跨度大,几句话写了两代人,故事完整,饶有趣味。

围巾

文津姑妈之子维君,
维君姑妈之子文君。
维君家住天津,
文津文君求学津门。
文津初春访维君,
巧遇文君访维君。
文津暗恋文君,
文君暗恋文津。
文君买条围巾托维君赠文津,
文津织条围巾托维君送文君。
初春仲春到暮春,

维君引线又穿针。
表兄文君成了表姐夫,
表姐文津成了嫂夫人。
文津文君谢维君,
维君说别谢维君谢围巾!

(2010年6月2日写)

【掩卷沉思】

"文""维"的韵母"en""ei"易于混淆,但这两者也有明显区别,"en"发音时舌面前部抬起,与硬腭联起手来,堵住气流的出路,逼迫气流从鼻腔发出;而"ei"发音时,双唇微展,舌面隆起,气流从口腔发出。即,"en"声音过鼻腔,稍显沉闷,"ei"声音过口腔,较响亮。

乍一看,乱成一团;细细思索,逻辑倒也清晰。维君不仅充当了红娘的角色,还是逻辑上的玄关,分清维君与文津、维君与文君之间的关系,则能解开此令逻辑上的"绕"。

表　链

宝莲的表,湖蓝表面白金表链；

蓝宝的表,宝蓝表面开金表链。

宝莲要用自己的表链换蓝宝的表链,

蓝宝不愿跟宝莲换表链。

连宝调侃蓝宝：

"鸡蛋鸭蛋鹌鹑蛋,

你是个聪明糊涂蛋。

不懂表链是表恋。"

湖蓝表面配上了蓝宝的表链,

宝蓝表面配上了宝莲的表链。

友善的连宝,无言的表链,

加热了蓝宝宝莲倾心之恋。

(2010年6月7日写)

【掩卷沉思】

"宝"和"表"的韵母分别为"ao""iao",详细辨正见《快活的老汉》。读"表(biǎo)"时,元音"i"很珍贵,要读出来,否则就会读成"bao"了。至于"an"和"ian"的辨正方法,与"ao""iao"相似,莫要偷懒,而要将每个音节读到位。

宝莲借换表链委婉表达爱意,尽显女孩娇羞之态;蓝宝"当局者迷",连宝"旁观者清",一语点明,促成了一桩美满婚姻。

此令主题明确,故事简短,但委实难读。注意区分"宝蓝""宝莲""蓝宝""连宝""表链""表面"的读音,熟能生巧,定能攻克难关。

错位球缘

兰州小莲,连州小兰,

福州小胡,湖州小伏。

小莲女篮,小兰女足,

男篮小胡,男足小伏。

小伏娶了小莲,

xiǎo lán jià le xiǎo hú
小兰嫁了小胡。

fú jiā nán zú nǚ lán
伏家男足女篮,

hú jiā nán lán nǚ zú
胡家男篮女足。

xiǎo lián guàn lán chàng tōng wú zǔ
小莲灌篮畅通无阻,

xiǎo lán shè mén dǐ qì shí zú
小兰射门底气十足。

　　注:小伏拦不住灌篮的,小胡防不了射门的。女士当家嘛。一笑。

(2010年6月9日写)

【掩卷沉思】

　　此令对"an""ian"进行了辨正;亦对"h""f"进行区分,"h"有明显送气感,而"f"则极为短促,音停则气止,有摩擦,不送气。

　　在绕口令题材扩展上,老王从不止步。这则绕口令将体育运动融于其中,"男篮女足女篮男足",再和令中人物的姓氏、性别混成一锅"大杂烩",读音绕,逻辑绕,真是绕你没商量。

连发和莲花

台湾有花莲,
江西有莲花。
花莲的莲花,
嫁了莲花的连发;
莲花的连发,
娶了花莲的莲花。
莲花劝连发去花莲安家,
说花莲容易发家;
连发劝莲花在莲花安家,
说莲花一样发家。
莲花问莲花的妈爸,
连发问连发的爸妈。
老人说两岸三通了,

huā lián lián huā dōu néng fā jiā
花莲莲花都能发家。

(2010 年 6 月 23 日写)

【掩卷沉思】

在这里,我们分享一下"花""莲"的韵母"ua"与"ian"的发音要领。要想读准复韵母,须掌握一个原则——读好打头的音节。"万事开头难",开了好头,读准不难。"ua"开头是"u",其发音要领是:双唇拢圆,舌头由后缩再隆起,口腔打开,发出"ua"音;"ian"则须记住发音时,嘴唇略扁,嘴角用力,由"i"过渡到"an"音即可。

这则绕口令与《鲤鱼潭结旅游缘》(简称《鲤鱼》)的创作时间仅间隔一天,可谓姊妹令。机关设置上有关联性,《鲤鱼》中的"花莲"算是老王酝酿此令的酵母;内容上也有相关性,比起《鲤鱼》来,此令则更进一步,写了台湾的莲花与江西的连发联姻,又涉及两岸政策,表达了民众渴盼祖国统一的呼声。

qī tàn tan
戚叹叹

liàng mèi qū zàn zan
靓妹屈瓒瓒,
shī xiōng qī zhànzhan
师兄戚湛湛。

shuài gē qī zhànzhan
帅哥戚湛湛，
biǎo dì jū zuànzuan
表弟鞠钻钻。
zhànzhan péi zuànzuan xuǎn jiā diàn
湛湛陪钻钻选家电，
yǔ zàn zan qiǎo yù qí jiàn diàn
与瓒瓒巧遇旗舰店。
qū zàn zan jīng yàn le jū zuànzuan
屈瓒瓒惊艳了鞠钻钻，
jū zuànzuan mí liàn shàng qū zàn zan
鞠钻钻迷恋上屈瓒瓒。
qí jiàn diàn li chū xiāng jiàn
旗舰店里初相见，
qí jiàn diàn wài shǎn diàn liàn
旗舰店外闪电恋。
zhànzhan duō nián ài zàn zan
湛湛多年爱瓒瓒，
wèi céng biǎo bái zhǐ àn liàn
未曾表白只暗恋。
xiǎo shī mèi chéng le biǎo dì mèi
小师妹成了表弟妹，
qī zhànzhan chéng le qī tàn tan
戚湛湛成了戚叹叹！

（2010年9月4日写）

【掩卷沉思】

　　此令绕就绕在三个人名上，"屈瓒瓒""戚湛湛""鞠钻钻"，单读容易，混读难。"屈""鞠"的声母分别为舌面音"q""j",发音部位相同,发音方法有异。两者均为舌面前部抵住硬腭前部,气流冲破阻碍摩擦成声,但其明显区别是,"q"送气,"j"不送气。至于韵母"an""uan",平舌音"z"与翘舌音"zh",前文多有提及,此不赘述。

爱情是文学永恒的主题。屈瓒瓒鞠钻钻"一见钟情",可苦了戚湛湛。多年的单相思变为一段没有表白的爱,无可奈何花落去,此处空余戚叹叹。

这正是小说的常用手法,甲暗恋乙,乙浑然不知,爱上了火辣辣的丙。在这里,丙恰恰是甲的表弟,爱无着落,不见也罢,却又埋藏在身边,遗憾、嫉妒、难过……几句绕口令留下了多少想象空间?

小裴和小彭

xiǎopéng āi zhe xiǎo péi mài pén
小彭挨着小裴卖盆,

xiǎo péi āi zhe xiǎopéng mài píng
小裴挨着小彭卖瓶。

xiǎo péi pèng pò le xiǎopéng de pén
小裴碰破了小彭的盆,

xiǎopéngpèng pò le xiǎo péi de píng
小彭碰破了小裴的瓶。

xiǎo péi yào yòng liǎ píng péi xiǎopéng yí gè pén
小裴要用俩瓶赔小彭一个盆,

xiǎopéng yào yòng liǎ pén péi xiǎo péi yí gè píng
小彭要用俩盆赔小裴一个瓶。

xiǎopéng bú ràng xiǎo péi ná píng péi pén
小彭不让小裴拿瓶赔盆,

xiǎo péi bú ràng xiǎopéng ná pén péi píng
小裴不让小彭拿盆赔瓶。

(2011年9月20日写)

【掩卷沉思】

"盆""赔""瓶"交叉出现,这是此令的难点所在。三字读音声母相同,韵母不同,分别为"en""ei""ing"。先来看"en"与"ei",两者韵尾不同,尾音自然不同,"en"最后在鼻音"n"上戛然而止,浑浊短促;"ei"则以元音"i"结束,响亮悠长。至于"ing",由元音"i"向后鼻音过渡,声音由响亮变为瓮声瓮气。

不苛责别人,反求诸己,这是何等情怀?"盆碰瓶"原本是一则经典绕口令,经此演绎,多了几分人情味。

fángdōng hé fáng kè
房东和房客

fán hán fángdōng shì hán fán
樊涵房东是韩繁,

hán fán fáng kè shì fán hán
韩繁房客是樊涵。

fán hán shì lí yì nǚ
樊涵是离异女,

韩繁是丧偶男。
樊怜韩，韩恋樊，
韩繁樊涵结姻缘。
樊涵不再是房客女，
韩繁不再是房东男。

（2011年11月27日写）

【掩卷沉思】

不是冤家不聚头，"h""f"常常成双成对出现在绕口令中，互相干扰。记住它们的区别，"h"是舌根阻，"f"是唇齿阻，任它们变化多端，也可以顺口读来。

房东与房客，几多欢喜几多愁。樊涵、韩繁倒好，少了冷战，多了温情，最终喜结良缘。生活就是这般蓬勃向上，充满意外的惊喜。

郑姐正，程哥诚

郑姐正，程哥诚，
好比两根常青藤。
程缠郑，郑缠程，

xiāng qīn xiāng ài qíng yì nóng
相亲相爱情义浓。

chéng gē bǎ zhèng jiě jiào lǎo zèng
程哥把郑姐叫老铿，

zhèng jiě bǎ chéng gē jiào lǎo céng
郑姐把程哥叫老增。

zhèng chéng qiào shé zèng céng píng
郑程翘舌铿增平，

lǎo fèng qiě fà chú fèng shēng
老凤且发雏凤声。

qīng hū zèng wǒ hū céng
卿呼铿，我呼增，

qīng qīng wǒ wǒ yì qiān chóng
卿卿我我意千重。

jīn páng zèng hé páng chéng
金旁铿，禾旁程，

huáng jīn zèng liàng hé gǔ fēng
黄金铿亮禾谷丰。

zèng fù jīn qián chéng duō mǐ
铿富金钱程多米，

huá táng yǎ shì shàng xià céng
华堂雅室上下层。

qín qí shū huà jiě dú ài
琴棋书画姐独爱，

jiān chǎo pēng zhá gē zuì jīng
煎炒烹炸哥最精。

zhèng jiě zhèng chéng gē chéng
郑姐正，程哥诚，

婚恋天地

shén xiān juàn lǚ lǎo wán tóng
神仙眷侣老顽童。

(2014年4月5日写)

【掩卷沉思】

　　此令颇为工整,巧将"郑程"之变音"铛噌"融入令中,"郑""铛"交错,"程""噌"相间,以辨析平舌音"z、c"与翘舌音"zh、ch"。一对伉俪老顽童,在名字上玩文字游戏,故意将对方所姓之字的变音作为昵称,你侬我侬,情意绵绵。老王年近古稀,与老伴相濡以沫,白头偕老,对于爱情理解颇为深刻,寥寥数语便勾勒出饱满细节、真挚感情,自有韵味在其中。

一 往情深

同去清华园
孪生弟兄
周五中午
吕慕才与李谋财
临行密密缝
拉呱儿
柳条篓
还是湘潭香甜

同去清华园

老严的儿子姓袁,

老袁的闺女姓严。

老严送小袁去清华园,

老袁也送小严去清华园。

小袁认识了小严,

老严认识了老袁。

车窗外绵绵细雨,

车厢内细语绵绵。

老严为小袁吃尽了苦中苦,

老袁因小严品到了甜中甜。

老严老袁喜泪如泉涌,

小袁小严喜泪涌如泉。

(2006年8月27日写)

【掩卷沉思】

　　"严"和"袁"的韵母原本应该分别是"ian"和"üan"，按拼写规则，"i"开头的韵母，前面没有声母的时候，写成 yi（衣）、ya（呀）等；以"ü"开头的韵母自成音节时，"ü"一律换成"yu"，如"üan"写成"yuan"。区分"ian"和"üan"，前者是齐齿呼，后者是撮口呼，两者最明显的区别在于发音开始时的唇形，"ian"双唇自然打开，嘴角稍用力，而"üan"发音时双唇撮成圆形。

　　按中国命名惯例，子女多随父姓。由此可推，老严、老袁皆为母亲。绕口令采用互文手法，两位母亲皆尝遍"苦中苦"与"甜中甜"，又颠倒词语"如泉涌"，写尽母亲之感慨。

　　母亲养儿不易，养育之恩比天大，怎么报答都不够。读此绕口令，除了练口齿之外，亦应体会母亲养育之恩。

luán shēng dì xiong
孪生弟兄

luán shēng dì xiong　shēng yú tóng líng
孪生弟兄，生于铜陵，

xiōng míng lóng téng　dì míng téng lóng
兄名龙腾，弟名腾龙。

lóng téng bǐ téng lóng yòng gōng
龙腾比腾龙用功，

téng lóng bǐ lóng téng cōng míng
腾龙比龙腾聪明。

lóng téng fú yīng téng lóng
龙腾服膺腾龙，

téng lóng pèi fú lóng téng
腾龙佩服龙腾。

lóng téng lā zhe téng lóng pān dēng
龙腾拉着腾龙攀登，

téng lóng xié zhe lóng téng fēi téng
腾龙携着龙腾飞腾。

lóng téng tí míng jīn bǎng
龙腾题名金榜，

téng lóng jīn bǎng tí míng
腾龙金榜题名。

tóng cí tóng líng gòng fù jīng chéng
同辞铜陵，共赴京城，

zòng héng xué hǎi dà zhǎn péng chéng
纵横学海，大展鹏程。

（2006年8月28日写，2010年5月27日改）

【掩卷沉思】

"龙腾""腾龙"难在韵母上，"ong""eng"均属于后鼻音韵母，区别在于"ong"发音时圆唇，而"eng"发音时口自然张开，两者韵尾相同，都是让气流从鼻腔通过，声音归至"ng"处，产生共鸣。

此令由"铜陵"拟出人名"龙腾""腾龙"。速读"龙腾"数遍，易读成"腾龙"，"腾龙"亦然。两者在令中反复出现，首尾相接，读起来极易混淆。

周五中午

钟某住钟堡，
周某住周堡。
钟母与周母，
异父而同母。
钟母想周母，
周母想钟母。
周五中午，
周母让周某请钟母，
钟母让钟某请周母。
钟某慢了一步，
周某已到钟府。
钟某说家母怕中暑，
过了中午去贵府。

bú shì zhōng mǔ pà zhòng shǔ
不是钟母怕中暑，
wèi de shì shā jī wéi shǔ kuǎn dài zhōu mǒu
为的是杀鸡为黍款待周某。

（2008年1月8日写，2010年5月28日改）

【掩卷沉思】

堡，读"bǔ"。

先对"钟（zhōng）、周（zhōu）、某（mǒu）、母（mǔ）"的韵母进行辨正，再读绕口令，则事半功倍。

"ong"属于后鼻音韵母，发音时，唇形始终拢圆，舌尖后缩，舌根抬起，与软腭接触，发出"ng"音；ou属于复合元音韵母，发音时唇形略圆，舌位向u的方向滑动，收尾音"u"要比"o"稍低；u则是单元音韵母，发音时，双唇拢成圆形，舌后缩，舌面后部高度隆起，与软腭相对。

绕口令写同母异父的姐妹情，又兼及人际交往礼仪——"礼尚往来"，语言质朴，敬谦得体，情节完整。"杀鸡为黍"，令人想起孟浩然诗句"故人具鸡黍，邀我至田家"，有情有义，温馨动人。

吕慕才与李谋财

吕慕才表兄李谋财，
李谋财表弟吕慕才。

lǐ móu cái　shàn móu cái
李谋财，善谋财，

mù chái zhuǎn shǒu biàn mù cái
木柴转手变木材，

mù cái zhuǎn yǎn biàn qián cái
木材转眼变钱财。

lǚ mù cái　shàn yù cái
吕慕才，善育才，

ér chéng cái　nǚ chéng cái
儿成才，女成才，

chū guó liú xué shǎo qián cái
出国留学少钱财。

lǚ mù cái qiú zhù lǐ móu cái
吕慕才求助李谋财，

lǐ móu cái zī zhù lǚ mù cái
李谋财资助吕慕才。

（2010年4月12日写）

【掩卷沉思】

"慕""谋"，韵母分别为"u""ou"，发音过程中唇形不同，"u"唇形为圆，保持不动；而"ou"发音时须从"o"过渡到"u"，唇形稍有变化。

这正是"金钱不是万能的，没有金钱是万万不能的"。表弟遇到难处，子女求学，手头无钱，表兄谋财有方，用之有道，慷慨解囊，出手相助，无异于雪中送炭，洋溢着脉脉温情。

临行密密缝

蓝宝留学棉兰老,

老妈忙做蓝棉袄。

老花镜,小针脚,

从深夜,到拂晓。

蓝宝说:"棉兰老不用蓝棉袄,

天气热得受不了。"

老妈说:"不管受了受不了,

出门要带蓝棉袄。"

蓝宝说:"不带蓝棉袄,

照样去棉兰老。"

蓝宝不带蓝棉袄,

只身去了棉兰老。

蓝宝刚到棉兰老,

一往情深

<pre>
yóu bāo jì lái lán mián ǎo
邮包寄来蓝棉袄。
hái yǒu lǎo bà yì fēng xìn
还有老爸一封信，
pī píng lán bǎo méi tóu nǎo
批评蓝宝没头脑。
mián lán lǎo   lán mián ǎo
棉兰老，蓝棉袄，
lán bǎo shì mā bǎo zhōng bǎo
蓝宝是妈宝中宝。
</pre>

（2010年6月3日写）

【掩卷沉思】

"老"字的韵母为"ao"，其发音要领是，嘴自然张开，舌头后缩，并逐渐抬起，双唇逐渐收拢成圆形。有些地区方言将"袄"读作"恼"，是由于"ao"发音时气流受到阻碍所致，别挡路，放开它。至于声母"l"，发边音，气流从舌面两边通过，不再赘述。声母"m"发音时，上下唇自然闭拢，软腭下垂，打开鼻腔通路，气流在双唇内侧受到阻碍，从鼻腔透出成声。

"临行密密缝"出自孟郊《游子吟》。棉兰老岛，菲律宾第二大岛。此令将古诗与地理知识巧妙融合，展现母亲的爱子情怀。母亲哪管棉兰老气候如何，她只在乎儿子莫要受冻。父母爱子女，永远无私，真是"可怜天下父母心"。

拉呱儿

退休的老贾好拉呱儿,
筷子一撂离家拉呱儿。
狄家拉呱儿,黎家拉呱儿,
糜家拉呱儿,倪家拉呱儿,
皮家拉呱儿,祁家拉呱儿,
瞿家拉呱儿,席家拉呱儿,
徐家拉呱儿,于家拉呱儿……
老伴没人拉呱儿数叨老贾:
"舅家拉呱儿,姨家拉呱儿,
东家拉呱儿,西家拉呱儿,
干脆到尼加拉瓜去拉呱儿!"

(2010年6月26日写)

【掩卷沉思】

此令除了辨正不圆唇元音"i"音外,还对儿化音进行辨正。

汉语中,"儿"本是独立音节,在与其他音节流利读出时,产生依附关系,丢失"e"音,只留下带有卷舌色彩的"r",被称为"儿化韵"。以拉呱儿为例,不能读作"lā guǎ er",而应该读作"lā guǎr","儿"与"呱"形成一体,发完"guǎ"的音,直接做个卷舌动作即可。

拉呱儿,方言,闲谈。呱,上声。以"狄""黎"等姓氏入令,新颖别致。退休的老贾不着家,老伴嗔怒,如闻其声,如见其人,生活气息十分浓厚。

柳条篓
liǔ tiáo lǒu

lǎo liǔ bēi de liǔ tiáo lǒu
老柳背的柳条篓,

yuán shì xiǎo liǔ bēi de liǔ tiáo lǒu
原是小柳背的柳条篓;

xiǎo liǔ bēi de liǔ tiáo lǒu
小柳背的柳条篓,

yuán shì lǎo liǔ bēi de liǔ tiáo lǒu
原是老柳背的柳条篓。

wèi shá lǎo liǔ bù bēi lǎo liǔ de liǔ tiáo lǒu
为啥老柳不背老柳的柳条篓,

xiǎo liǔ bù bēi xiǎo liǔ de liǔ tiáo lǒu
小柳不背小柳的柳条篓?

yīn wèi yí gè qīng liǔ tiáo lǒu
因为一个轻柳条篓，
yí gè zhòng liǔ tiáo lǒu
一个重柳条篓。
bú shì lǎo liǔ pà lèi zhe xiǎo liǔ
不是老柳怕累着小柳，
jiù shì xiǎo liǔ pà lèi zhe lǎo liǔ
就是小柳怕累着老柳。

（2010年6月29日写）

【掩卷沉思】

"柳"和"篓"，分别读"liǔ""lǒu"，韵母不同。"iu"本是"iou"的缩写，就比"ou"多出一个"i"音。"iou"发音时，舌位由较紧的 i 向后向低过渡，o 音后舌面向软腭升起，唇形是圆的，由大到小，归音到 u。读"柳"音中的"i"时只是做个口形，但别小看"i"的口形，正因为有了它，才与"篓"区别开来。请先细细比较，再由慢读变成快读。

以"柳"作令，是绕口令的"传统项目"。小柳和老柳的篓孰重孰轻？这并不重要，重要的是，两人互相体谅，互相关怀，细节中见真性情，无非一个字——"爱"。

还是湘潭香甜

hái shì xiāng tán xiāng tián

lǎo tán lǎo tián jiā zhù xiāng tán
老谭老田，家住湘潭。

工作湘潭,退休湘潭。
吃也香甜,睡也香甜。
一双儿女,移民芬兰。
人在湘潭,挂念芬兰。
吃不香甜,睡不香甜。
老田天天催老谭:
"告别湘潭,移民芬兰,
吃也香甜,睡也香甜。"
老谭天天劝老田:
"移民芬兰,告别湘潭,
不出三天,思念湘潭,
再回湘潭,车殆马烦。"
来到芬兰,果不其然。
人在芬兰,魂在湘潭。
床在芬兰,梦在湘潭。

chī bù xiāng tián　shuì bù xiāng tián
吃不香甜，睡不香甜。
lǎo tián yè yè cuī lǎo tán
老田夜夜催老谭：
lái dào fēn lán　dù rì rú nián
"来到芬兰，度日如年。
qiān fāng bǎi jì　kuài huí xiāng tán
千方百计，快回湘潭。
shēng yě xiāng tán　sǐ yě xiāng tán
生也湘潭，死也湘潭。
chī yě xiāng tián　shuì yě xiāng tián
吃也香甜，睡也香甜！"

（2010年7月2日写）

【掩卷沉思】

　　此令中"田"和"谭"的韵母分别为"ian""an"，与上则《柳条篓》相似，发"tian"音时莫忘记中间"i"的口形，即可与"tan"分辨开来。

　　绕口令采用反复手法，着力渲染二老心境。一头是牵肠挂肚的儿女，一头是魂牵梦绕的故土，老谭老田两头为难，不免为之心焦。《汉书·元帝纪》云："安土重迁，黎民之性。"自古以来，中国人讲究"狐死首丘""落叶归根"，家乡观念很重。故而，老田偶尔到芬兰看看儿女可以，长住难熬。此情此景，真实可信，易于引发共鸣。

除此之外,此令也反映当前的社会现象。子女求学、工作多在异地他乡,亲子见面、沟通的机会很少。纵使交通便利、通信发达,然则子女忙于工作、应酬,无暇顾及父母内心感受。此种情状,谁能体会?

友谊之花

芬芳和芳菲
天蓝蓝与海南南
钓鱼
三女进山
山嫂和栓嫂
老倪和老黎
莲和兰
周紫驷与邹芷洲
二胡
榴莲
互利双赢
老道和老掉
鲤鱼潭结旅游缘
荆旭和金絮

芬芳和芳菲

黄芬芳，画凤凰，

黄芳菲，绣凤凰。

黄芬芳画红凤凰粉凤凰红粉凤凰，

黄芳菲绣粉凤凰红凤凰粉红凤凰。

红凤凰粉凤凰红粉凤凰粉红凤凰，

越看越像活凤凰。

芬芳会画凤凰不会绣凤凰，

芳菲会绣凤凰不会画凤凰。

芬芳教芳菲画凤凰，

芳菲教芬芳绣凤凰。

（2007年12月1日写，2010年5月25日改）

【掩卷沉思】

对一些人来说，声母"f""h"难辨，韵母"uang""ang"难分，这则绕口令正是治疗此症的"良方"。

"f"是唇齿音,发音时气流从上齿与下唇之间的缝隙挤出,摩擦成音;而"h"却是舌根音,发音时,气流从舌根与软腭之间形成的间隙摩擦通过而成声。注意这两者的区别,细读"芳""凰",先慢后快,读准不难。韵母"uang"发音时,比"ang"多一个动作,即双唇拢住,再向"ang"音过渡,就容易辨别了。

此令单字不多,但倒来倒去,很是拗口。幸亏它画面感强,生动形象。对付此则绕口令,需要"想一想",想其画面:谁会画凤凰,谁会绣凤凰,凤凰是什么颜色;想其情节:两人怎么互帮互助,怎么互通有无。理清思路,便于记诵。

天蓝蓝与海南南

tiān lán lan yǎng lán huà lán bù yǎng lián
天蓝蓝养兰画兰不养莲,

hǎi nán nan yǎng lián huà lián bù yǎng lán
海南南养莲画莲不养兰。

tiān lán lan guānshǎng hǎi nán nan yǎng de lián hé huà de lián
天蓝蓝观赏海南南养的莲和画的莲,

shuō hǎi nán nan zhǐ shang lián shì chí zhōng lián
说海南南纸上莲是池中莲。

hǎi nán nan guānshǎng tiān lán lan huà de lán hé yǎng de lán
海南南观赏天蓝蓝画的兰和养的兰,

说天蓝蓝盆中兰似纸上兰。

(2010年1月29日写)

【掩卷沉思】

此令用于区分鼻音声母"n"和边音声母"l",两者发音方法不同,前者气流从鼻腔出,后者气流从口腔出。

写绕口令顺便教人如何处世,绕口令题材再次得到拓展。

别人拥有我所没有的优势,是嫉妒还是欣赏?老王选择了后者,因为"欣赏者心中有朝霞、露珠和常年盛开的花朵"(培根)。天蓝蓝和海南南互相欣赏,关系和睦,自然比互相拆台、你争我斗强上百倍,对人们和谐相处不无启迪。

钓 鱼

李姨与吕姨,

一起去钓鱼。

李姨钓了十条鲫鱼四条鲤鱼,

吕姨钓了四条鲫鱼十条鲤鱼。

李姨知道吕姨爱吃鲫鱼，

把鲫鱼送给吕姨；

吕姨知道李姨爱吃鲤鱼，

把鲤鱼送给李姨。

李姨与吕姨，

钓鱼增友谊。

（2004年12月26日写，2010年5月26日改）

【掩卷沉思】

开头五字，就令小赵"受挫"。"李姨"叠韵，"与""吕"音近，极易混淆，读好不易。之后，音近字"鱼""吕""姨""与"，同音字"李""鲤"交错出现，起伏变化，不断制造"阅读障碍"，颇具挑战性。

关键在于正确区分不圆唇元音"i"与圆唇元音"ü"，后者发音应有撮唇动作。

写此绕口令，设置诸多机关，老王定是费了一番周折。另外，绕口令涉足友谊题材，亦为少见。李姨、吕姨互赠鲫鱼、鲤鱼，共叙友谊，温馨动人。

三女进山

柳斑斓提着柳编篮,
去采半边莲和半枝莲;
佟婵媛拎着藤编篮,
去采半枝莲和独花兰;
竺翩跹挎着竹编篮,
去采独花兰和半边莲。
独花兰也叫长年兰,
独叶独花独暄妍。
柳斑斓采了半柳篮半边莲半柳篮半枝莲,
佟婵媛采了半藤篮半枝莲半藤篮长年兰,
竺翩跹采了半竹篮长年兰半竹篮半边莲。
柳编篮重于藤编篮,
藤编篮重于竹编篮。

tóng chán yuán līn qǐ le liǔ biān lán
佟婵嫒拎起了柳编篮，
zhú piān xiān kuà qǐ le téng biān lán
竺翩跹挎起了藤编篮，
liǔ bān lán tí qǐ le zhú biān lán
柳斑斓提起了竹编篮。
yún chán mián quán chán yuán lù wān yán
云缠绵，泉潺湲，路蜿蜒，
qián chán yuán zhōng piān xiān hòu bān lán
前婵嫒，中翩跹，后斑斓，
wǎn ruò xiān yuán jiàng chén huán
宛若仙嫒降尘寰。

(2005年12月1日写，2010年5月26日改)

【掩卷沉思】

此令用于辨正韵母"ian"与"an"、边音"l"与鼻音"n"、后鼻韵母"ong"与"eng"，前文多有涉及，容不赘述。

且看三女芳名，其姓氏与其所持篮子的材料颇有渊源，柳—柳（编篮），佟—藤（编篮），竺—竹（编篮），或音同，或韵同，绕来绕去；其名字"斑斓""婵嫒""翩跹"皆为联绵词，又和"编篮""半边莲""长年兰"等构成音近词，各字韵母相同或相近，绕中有绕。联绵词、音近词在绕口令中反复出现，上下翻飞，既增加了绕的程度，又增添了绕口令的节奏美。

再看老王所用手法，一是采用间隔反复，姓名、篮子名、花名反复出现,密密匝匝,前后映照,无一疏漏,使绕口令绕而不乱,条理清楚,节奏感强;二是用云、泉、路等事物起兴,以咏三女"宛若仙媛",景美人美令更美,文有尽而意无穷。

又,老王用字十分讲究,"柳、竹、云"如见其形,"蓝、兰、莲"如嗅其味,"泉水潺溪"如闻其声,"提、拎、挎、采、降"如见其状,画面感强,意境优美,令人赞叹不已。

这真是,不琢磨不知道,一琢磨吓一跳!小小绕口令,竟设下如此繁复机关,不服不行。

山嫂和栓嫂

山嫂钻山摘酸枣,

栓嫂登岛采萱草。

山嫂摘枣想栓嫂,

栓嫂采草想山嫂。

山嫂出山登岛,

去帮栓嫂采萱草;

栓嫂离岛钻山,

qù bāngshān sǎo zhāi suān zǎo
去帮山嫂摘酸枣。

shān sǎo méi zhǎo dào shuān sǎo
山嫂没找到栓嫂,

shuān sǎo méi zhǎo dào shān sǎo
栓嫂没找到山嫂。

shān sǎo dǎo shang hǎn shuān sǎo
山嫂岛上喊栓嫂:

shuān sǎo　shuān sǎo　suānshǎo
"栓嫂,栓嫂,酸少——"

shuān sǎo shānshang hǎn shān sǎo
栓嫂山上喊山嫂:

shān sǎo　shān sǎo　sān shǎo
"山嫂,山嫂,三少——"

(2007年7月7日写,2010年5月28日改)

【掩卷沉思】

　　"sh"与"s"的区别:"sh",翘舌音,"s",平舌音;鼻韵母"uan"发音时,双唇有一个从拢圆到舒展的过程;复韵母"ao"发音时,嘴自然张开,舌头后缩,双唇由开形拢成圆形,气流通过。

　　读此令如赏一幕短剧。花开两朵,各表一枝,镜头在山嫂和栓嫂之间巧妙切换,分别交代二人情形,结尾二人互相寻找、呼唤,短剧戛然而止,余音绕梁,韵味无穷。

　　老王思维缜密,巧将易混淆的声母埋伏其中,又把难辨的韵母安插其内,单"栓嫂,栓嫂,酸少……"一句,就对声母"sh""s"和"uan""ao"进行辨正,手法繁复,读来不易,遑论其他?此则绕口令,宛若织锦,色彩浓烈,针脚细密,难能可贵。

更巧的是,令中套令,山嫂和栓嫂的呼唤可谓一句话绕口令。不信?你快读三遍试试!

lǎo ní hé lǎo lí老倪和老黎

lǎo ní yǒu lú méi lí
老倪有驴没犁。

xiǎng mài lú mǎi lí
想卖驴买犁,

yòu pà méi lú lā lí
又怕没驴拉犁;

lǎo lí yǒu lí méi lú
老黎有犁没驴,

xiǎng mài lí mǎi lú
想卖犁买驴,

yòu pà lí dì méi lí
又怕犁地没犁。

lǎo ní xiǎng qí lú qù zhǎo lǎo lí jiè lí
老倪想骑驴去找老黎借犁,

zhèng yù lǎo lí káng lí lái zhǎo lǎo ní
正遇老黎扛犁来找老倪。

méi lí de lǎo ní bù chóu lí dì méi lí
没犁的老倪不愁犁地没犁,

méi lú de lǎo lí bù chóu lí dì méi lú
没驴的老黎不愁犁地没驴。

(2007年12月3日写)

【掩卷沉思】

此令涉及元音"i"与"ü","i"发音时不圆唇,"ü"发音时圆唇。另外,亦涉及"n"与"l"的辨正,"n"发鼻音,而"l"却由气流从舌头与两颊内侧形成的空隙摩擦发音,叫边音。

村民之间,互通有无,资源共享,优势互补。试想,街坊邻居,老少咸集,围坐在树荫下,说此绕口令,教孩子懂得互帮互助,何等惬意!

莲和兰

楠楠会画莲不会画兰,

媛媛会画兰不会画莲。

楠楠教媛媛画莲,

媛媛教楠楠画兰。

画完莲画兰,

画完兰画莲。

楠楠的兰竟然胜过了媛媛的兰,

媛媛的莲竟然赛过了楠楠的莲。

(2004年写,2010年改)

【掩卷沉思】

　　一瞧题目，便知此令用于辨正韵母"ian""an"。幼年学拼音，老师总教我们将字音的每个音素都读出来，如"莲"读成"l－i－an"，"兰"读成"l－an"。成年后曾觉好笑，等到对"绕口令如何锻炼口齿"做了一番研究后，方才恍然大悟，原来看似最笨的办法却是一条捷径。将每个音素读准，久而久之，养成良好的发音习惯，就不会走弯路了。只要决心去改变，什么时候都不晚，诸君不妨一试。

　　对于自己的优势，不雪藏反而分享，是一种境界；对于别人的优势，不嫉妒反而欣赏，是另一种境界。有这种胸怀和眼界，潜心学习，取长补短，必能青出于蓝而胜于蓝。

周紫骝与邹芷洲

沧州周紫骝，常州邹芷洲，

共乘一叶舟，同游橘子洲。

周亦文绉绉，邹亦文绉绉。

紫骝吟《橘颂》，芷洲诵"雎鸠"。

<ruby>紫<rt>zǐ</rt>骓<rt>zōu</rt>邀<rt>yāo</rt>芷<rt>zhǐ</rt>洲<rt>zhōu</rt>游<rt>yóu</rt>沧<rt>cāng</rt>州<rt>zhōu</rt></ruby>，
<ruby>芷<rt>zhǐ</rt>洲<rt>zhōu</rt>邀<rt>yāo</rt>紫<rt>zǐ</rt>骓<rt>zōu</rt>游<rt>yóu</rt>常<rt>cháng</rt>州<rt>zhōu</rt></ruby>。
<ruby>芷<rt>zhǐ</rt>洲<rt>zhōu</rt>陪<rt>péi</rt>紫<rt>zǐ</rt>骓<rt>zōu</rt>游<rt>yóu</rt>常<rt>cháng</rt>州<rt>zhōu</rt></ruby>，
<ruby>紫<rt>zǐ</rt>骓<rt>zōu</rt>陪<rt>péi</rt>芷<rt>zhǐ</rt>洲<rt>zhōu</rt>游<rt>yóu</rt>沧<rt>cāng</rt>州<rt>zhōu</rt></ruby>。
<ruby>常<rt>cháng</rt>州<rt>zhōu</rt>沧<rt>cāng</rt>州<rt>zhōu</rt>橘<rt>jú</rt>子<rt>zi</rt>洲<rt>zhōu</rt></ruby>，
<ruby>紫<rt>zǐ</rt>骓<rt>zōu</rt>芷<rt>zhǐ</rt>洲<rt>zhōu</rt>乐<rt>lè</rt>悠<rt>yōu</rt>悠<rt>yōu</rt></ruby>。

（2008年4月15日写）

【掩卷沉思】

"州"与"邹"、"芷"与"紫"，声母分别为"zh""z"。"zh"是翘舌音，舌头翘起，与硬腭前端接触；而"z"则是平舌音，舌头平伸，与上齿接触。可以一边缓慢读出，一边弄清令中关系，既锻炼口齿，又训练脑筋。

这则绕口令文人化色彩浓重，所选"橘子洲"内涵丰富，易于让人联想到毛泽东《沁园春·长沙》中词句："独立寒秋，湘江北去，橘子洲头"；《橘颂》是屈原所作咏物诗，"雎鸠"取自《诗经·关雎》。读来美不胜收，可谓绕口令中的"阳春白雪"。

二胡

二弗会做二胡不会拉二胡，

艾拂会拉二胡不会做二胡。

二弗教艾拂做二胡，

艾拂教二弗拉二胡。

二弗学会了拉二胡，

艾拂学会了做二胡。

二弗拉二胡胜过了艾拂，

艾拂做二胡胜过了二弗。

(2013年1月6日写)

【掩卷沉思】

老王写罢此则绕口令，意犹未尽，饶有兴趣地写下创作心得：

"名'弗'者，'弗'取二胡两弦一弓之形；名'拂'者，'拂'取手持二胡演奏之象。'二'，取两弦之形；'艾'谐'爱'字之音。由此令衍生两字谜：二胡，弗；拉二胡，拂。

迷字如此，不亦乐乎？"

值得一提的是，老王自创作绕口令以来，笔耕不辍，几乎每个月都有新作品问世。他不为写而写，而是"关机思考、开机写稿"，兴之所至，信手成篇。虽不敢说篇篇都是珍品，但每篇都是精心之作、兴趣之作、好玩之作。截至本书第2版出版时，他所创作的绕口令已达到330多首，可以说是成果丰硕。每每写完，他都会贴到博客中、QQ空间中和QQ文友群里，甚至发表在他家乡的报刊和网站上，与大家分享。"王中原绕口令"渐成品牌，而老王的"粉丝"也越来越多。

这不，老王将此则绕口令发到文友群不久，文友"jindeshen2007"便写下评语——"二胡小令特有趣，二弗艾拂构思奇。虽说绕口亦上口，绕口练出好口齿。"快哉！

榴 莲

娄兰住在刘年的楼北，
刘年住在娄兰的楼南。
娄兰喜欢榴莲，
刘年也喜欢榴莲。

lóu lán tí zhe liǔ lán bài fǎng liú nián
娄兰提着柳篮拜访刘年，

liú nián ná chū liú lián zhāo dài lóu lán
刘年拿出榴莲招待娄兰。

sòng zǒu lóu lán xiān kāi liǔ lán
送走娄兰掀开柳篮，

liǔ lán li quán shì liú lián liú lián liú lián
柳篮里全是榴莲，榴莲，榴莲。

liú nián sì shuǐ sì shuǐ liú nián
流年似水，似水流年，

liú nián yīn liú lián lìng rén liú lián
流年因榴莲令人流连。

（2010年1月29日写，2010年5月29日改）

【掩卷沉思】

"柳(liǔ)""娄(lóu)"难分，"年(nián)""莲(lián)"难辨。

韵母"iu"唇形由微扁逐渐撮圆，"ou"唇形始终拢圆，由大变小。

声母"l"是边音，"n"是鼻音。

此令恰如一篇结构精巧的小说，结尾出乎意料，柳篮内竟然满是榴莲。结尾卒章显志，流年因榴莲而珍贵，榴莲因真情而美丽。整则绕口令洋溢着一种脉脉温情，不免令人想起欧·亨利的小说《麦琪的礼物》，两人"投桃报李"，意境优美，令人感怀不已。

hù lì shuāng yíng

互利双赢

tián jiā tán pí lián tán jiā tián
田家潭毗连谭家田，

tán jiā tán pí lián tián jiā tián
谭家潭毗连田家田。

wǎng nián tián tán guàn tián tián
往年田潭灌田田，

tán tán guàn tán tián
谭潭灌谭田；

jīn nián tián tán guàn tán tián
今年田潭灌谭田，

tán tán guàn tián tián
谭潭灌田田。

tián jiā kuā tán tán tián
田家夸谭潭甜，

tán jiā zàn tián tán tián
谭家赞田潭甜。

（2010年6月3日写）

【掩卷沉思】

田，谭。

tián，tán。

发音时，有不圆唇元音"i"的，则为"田"，直接从"t"过渡到韵母"an"的，则为"谭"。

好一个"互利双赢"！节省了资源，增进了情谊，与人方便自己方便,岂不妙哉!谭潭甜?田潭甜?非也非也!潭因情而甜!

老道和老掉

老道的道是道教的道,
老掉的掉是掉链子的掉。
老道下棋找老掉,
老掉下棋找老道。
老道不找老掉,
没人陪老道;
老掉不找老道,
没人陪老掉。
老道下棋真老到,
老掉下棋太急躁。
老道输棋报之一笑,
老掉输棋又叫又跳。

lǎo diào lián shū sān pán bù zhǎo lǎo dào
老掉连输三盘不找老道,

lǎo dào jiǎ shū sān pán hǒng zhe lǎo diào
老道假输三盘哄着老掉。

lǎo diào tiān tiān péi lǎo dào
老掉天天陪老道,

lǎo dào tiān tiān péi lǎo diào
老道天天陪老掉。

lǎo diào xiào zhe mà lǎo dào
老掉笑着骂老道:

lǎo diào shū gěi le yāo lǎo dào
"老掉输给了妖老道!"

（2010年6月8日写）

【掩卷沉思】

　　这则绕口令绕在何处？绕在"道"和"掉"的韵母上，"ao"是前响复合元音，"iao"是中响复合元音，区别是："ao"发音时舌位由低向高滑动，而"iao"发音时舌位则由高向低滑动，再由低向高滑动。

　　本是一句话的事，老道和老掉互为唯一的棋友，绕口令非得绕着说，从不同的角度表达同一个意思。而这恰是绕口令的特色，一句话绕着说，越绕越有趣。

　　此令描绘了老道和老掉的"棋品"，一个看淡输赢波澜不惊，一个急功近利遇挫灰心，生动鲜活，跃然纸上。棋品也是人品，相比之下，老道更胜一筹，不由得老掉不服。

鲤鱼潭结旅游缘

湖南涟源旅游团，

四川盐源旅游团，

台湾桃园旅游团，

畅游花莲鲤鱼潭。

鲤鱼潭乘旅游船，

旅游船结旅游缘。

台湾桃园旅游团，

邀涟源、盐源旅游团游桃园；

涟源、盐源旅游团，

邀桃园旅游团游涟源、盐源。

(2010年6月21日写)

【掩卷沉思】

"tuan"与"yuan（即 üan）"在绕口令中不断出现，间隔反复。须掌握其发音的明显区别："uan"发音时由圆唇的后高元音"u"打头,而"üɑn"则由圆唇的前高元音"ü"打头。所谓前高元音,指舌面前部隆起与硬腭形成阻碍而发音;所谓后高元音,指舌面后部隆起与软腭形成阻碍而发声。

绕口令中出现诸多音近地名,如"涟源""盐源"等。老王创作之前,势必展开地图,"涟源"等地名入得法眼,是为"眼中之竹";了然于胸,运筹帷幄,有了创作冲动,是为"胸中之竹";等到落笔成令,与原先构想又有所变化,除了绕口外,又涉及大陆同胞与台湾同胞的友谊,是为"手中之竹"。"意在笔先,趣在法外",遂形成这篇令人把玩不已的佳作。

荆旭和金絮

荆旭的专业是经济,
业余的爱好是京剧。
金絮的专业是京剧,
业余的爱好是经济。
荆旭帮金絮学经济,
金絮助荆旭学京剧。

jīng xù bì yè hòu dāngbiān jù
荆旭毕业后当编剧，
jù běn de zhǔ tí shì jīng jì
剧本的主题是经济。
jīn xù bì yè hòu dāngdǎo yǎn
金絮毕业后当导演，
àn jīng jì guī lǜ gǎo jīng jù
按经济规律搞京剧。
jīng xù de xì jù duō xīn qù
荆旭的戏剧多新趣，
jīn xù de jù zǔ zēngxiào yì
金絮的剧组增效益。

（2010年9月9日写）

【掩卷沉思】

"荆"与"金"，单独读还好区分，放在一起，又玩"混搭"，就难以区分了。"荆"的韵母"ing"，属于后鼻音韵母；"金"的韵母是"in"，属于前鼻音韵母。前鼻音韵母与后鼻音韵母的主要区别是，前鼻音韵母归音时，舌尖抵住上齿龈发出 n；后鼻音韵母归音时，舌根与软腭接触发出 ng。至于"i""ü"的区别，"i"发音时不圆唇，而"ü"则须圆唇，弄清楚这一点，就能清晰地区分"济"与"剧"了。

"经济""京剧"看似风马牛不相及，其联系却是千丝万缕的。瞧，荆旭和金絮互帮互助，互相促进，让"经济""京剧"嫁接组合，结果两人成了通才，实现了共赢。

生意广场

长辛店的藏金店
炸鸡店炸鸡不炸蛋
朱表与钟宝
生意链
冰箱和灯箱
旅店与卤蛋
蝴蝶兰和马蹄莲
铁蛋儿逛鞋店
彩艳画彩蛋
李柴裁吕柴
老算和老涮
草鞋之家
黄发黄花
租屋
彭典评点瓶胆
双曼米线冷面店
浙江招商捎麝香

长辛店的藏金店

京西南有个长辛店,

长辛店有爿五金店。

大老板常金蛋,

二老板常银蛋,

三老板常铜蛋,

四老板常铁蛋,

五老板常锌蛋。

常金蛋指挥常银蛋常铜蛋常铁蛋常锌蛋,

常锌蛋常铁蛋常铜蛋常银蛋辅佐常金蛋。

五老板,常锌蛋,

卧薪尝胆最能干。

长辛店的五金店,

成了长辛店的藏金店!

cháng jīn dàn yào ràng wèi cháng xīn dàn
常金蛋要让位常锌蛋,
yín dàn tóng dàn tiě dàn qí diǎn zàn
银蛋铜蛋铁蛋齐点赞!

后记:北京市第十中学刘英丽老师网购《绕口令教你巧舌如簧》推荐给学生,颇受全班学生喜爱,有多名同学尝试绕口令表演和写作。昨天,刘老师传来学生习作数篇。得知第十中学位于颇负盛名的长辛店,因有是作。

(2015年12月4日写)

【掩卷沉思】

这则绕口令可以与相声界的贯口"报菜名"相媲美。小赵尝试一口气快读下来,总是将"藏金店"误读为"藏金蛋",将"常锌蛋"误读为"常锌店",令旁人捧腹。

话说本书面世以来,让更多的人接触到了原创绕口令,打开了一扇思维的窗:"原来绕口令也可以创作。"这本书不仅给人们提供了练口练脑的素材,还激发了很多人的创作欲望,让爱好绕口令、创作绕口令的人逐渐增多,可谓好事一桩。

北京市第十中学快板社团的同学曾琪就写了一则绕口令《绵绵和黏黏》,发来请王中原先生指点。我将老王修改后的绕口令贴在后面,一来请大家欣赏一下一个中学生创作的绕口令,二来鼓励大家有兴趣不妨也写作一二。

绵绵和黏黏

曾琪

绵绵和黏黏,

总是黏缠缠。

绵绵有个绵黏黏,

黏黏有个黏绵绵。

绵绵拿着绵黏黏去找黏黏,

黏黏拿着黏绵绵去找绵绵,

绵绵和黏黏比试绵黏黏和黏绵绵。

绵绵的绵黏黏比黏黏的黏绵绵,

黏黏的黏绵绵比绵绵的绵黏黏。

炸鸡店炸鸡不炸蛋

老段要吃炸鸡蛋,

买了十只大鸡蛋,

让炸鸡店给他炸鸡蛋。

炸鸡店炸鸡不炸鸡蛋,

他偏要炸鸡店炸鸡蛋。

炸鸡店坚持炸鸡不炸蛋,

　　　　　qì de lǎo duàn ná jī dàn zá jī dàn
　　　　气得老段拿鸡蛋砸鸡蛋。
　　　　zhá jī diàn shuō lǎo duàn zá dàn rǎo diàn
　　　　炸鸡店说老段砸蛋扰店，
　　　　lǎo duàn rēng le dàn chū le diàn
　　　　老段扔了蛋出了店。

　　　（2009年4月24日写，2010年5月22日改）

【掩卷沉思】

　　此令主要涉及韵母"an、ian、uan"的辨正，记住其名称，"an"是开口呼，"ian"是齐齿呼，"uan"是合口呼，三者发音时唇形不同，可按图索骥，再去体味三者区别，便可读清。

　　老王摆开阵势，在几十字内，布置下矛盾冲突，还设置了开放式结尾。小赵不才，不妨狗尾续貂，试上一试：

　　这老段，走出店，
　　琢磨半天，往回转，
　　到鸡蛋摊上买了新鸡蛋，
　　见了炸鸡店店主先道歉：
　　"炸鸡店店主看薄面，
　　我诚心炸蛋不捣乱。"
　　炸鸡店店主换笑脸，
　　吩咐店员把活干。

炸鸡店炸鸡又炸蛋,

老段、店主齐开颜。

写完后偷着乐,一读,内容失实,以老段脾气,他怎肯道歉?以老板脾性,岂肯罢休?又不拗口……这哪里是绕口令,分明是顺口溜!可见创作绕口令并非易事呵!

朱表与钟宝

朱表经销钟表酷爱珠宝,

钟宝经销珠宝酷爱钟表。

朱表相中了钟宝的珠宝,

钟宝相中了朱表的钟表。

朱表以钟表换钟宝的珠宝,

钟宝以珠宝换朱表的钟表。

(2005年7月19日写,2010年5月25日改)

【掩卷沉思】

"朱""钟","宝""表",真是两对"冤家"。

先说"朱(zhū)"与"钟(zhōng)",难分的是两者的韵母。"u",后高圆唇元音,两唇拢圆,略微前凸,舌面后部隆起与软腭相对,发音时声带振动,关闭鼻腔通道;而"ong"则是带舌根鼻尾音韵母,起点元音舌位要比"u"略低,舌身有一个后缩过程,再发出"ng"音。

再说"宝(bǎo)""表(biǎo)",区别在于,"表(biǎo)"发声母"b"时,有扁嘴的动作,这是由"i"决定的。

"钟表""珠宝"是常见事物,以此入令,生活气息浓厚;老王匠心独运,又围绕商品拟出人名,人名与商品名交相辉映,整体效果——难读。

生意链

lǎo bāo mài biāo　lǎo diāo mài dāo
老包卖镖,老刁卖刀,

lǎo jiāo mài qiāo　lǎo xiāo mài shāo
老焦卖锹,老萧卖筲。

lǎo bāo mǎi le lǎo diāo de dāo　lǎo jiāo de qiāo
老包买了老刁的刀、老焦的锹,

lǎo diāo mǎi le lǎo jiāo de qiāo　lǎo xiāo de shāo
老刁买了老焦的锹、老萧的筲,

lǎo jiāo mǎi le lǎo xiāo de shāo　lǎo bāo de biāo
老焦买了老萧的筲、老包的镖,

lǎo xiāo mǎi le lǎo bāo de biāo　lǎo diāo de dāo
老萧买了老包的镖、老刁的刀。

生意链示意

① 包卖镖　　② 刁卖刀

　买刀锹　　　买锹筲

④ 萧卖筲　　③ 焦卖锹

　买镖刀　　　买筲镖

（2006年1月15日写，2010年5月26日改）

【掩卷沉思】

"锹"与"萧"的声母分别是"q""x"，两者发音部位相同，发音方法略微不同。发"q"音时能明显感到一股气流破除阻碍通过，其学名叫"舌面前送气清塞擦音"；而发"x"音时气流从间隙摩擦通过，其学名叫"舌面前清擦音"。

"生意链"入令，绕口令题材进一步拓宽，老包等四人互为供求，很是绕脑，可参考"生意链示意"，以助梳理逻辑关系。

绕口令还采用大量韵母为"ao"的字，如"包""刀""筲"，亦采用韵母为"iao"的字，如"镖""刁""锹""萧"，两队"人马"分别藏于令中，此起彼伏，遥相呼应，因它们读音极其相似，难辨"敌我"，颇有难度。详见《快活的老汉》。

诸位读此之前，弄清以上两点，并熟读数遍，此绕口令之难或可迎刃而解。

冰箱和灯箱

郑汀江，卖冰箱，
邓丁香，做灯箱。
汀江问丁香买不买冰箱，
丁香问汀江做不做灯箱。
丁香已有冰箱不买汀江的冰箱，
汀江为卖冰箱订了丁香的灯箱。

(2006年3月8日写，2010年5月27日改)

【掩卷沉思】

　　一人姓"郑（zhèng）"，一人姓"邓（dèng）"，声母不同。"zh"是翘舌音，舌尖轻抵硬腭前端，除阻发音；"d"是舌尖中阻音，舌尖抵住上齿龈，除阻发音。掌握要领，区分不难。

　　此令句式不一，错落有致，颇具节奏感，朗朗上口；又多采用开口呼韵母"ang"，读时口腔张开，声音洪亮。每句话最后都落在"箱"字上，乃"同字尾令"的一种，可称之为"箱"字令。

旅店与卤蛋

曹超开旅店，

晁操卖卤蛋。

曹超不买晁操的卤蛋，

晁操不住曹超的旅店。

晁操买了卤蛋进旅店，

进了旅店吃卤蛋。

曹超抓起卤蛋扔出旅店，

晁操接住卤蛋扔回旅店。

晁超接住卤蛋砸旅店，

旅店爆发卤蛋战。

(2007年2月22日写)

【掩卷沉思】

"ü"和"u"，皆为圆唇元音，两者的区别在于，双唇撮成圆形，靠舌面前部隆起与硬腭相对发"ü"音；双唇拢成圆形，靠舌面后部隆起与软腭相对发"u"音。弄清楚这一点，请再读读"旅""卤"进行体会。

和气生财，互利双赢。互相拆台，两败俱伤。两人对着干，倒也罢了，何必迁怒于第三者？

蝴蝶兰和马蹄莲

爸爸担担去卖蝴蝶兰，
妈妈提篮去买马蹄莲，
爸爸提前卖完了蝴蝶兰，
妈妈提篮买回了马蹄莲。
卖蝴蝶兰的钱没全买马蹄莲，
买马蹄莲的钱用的确是卖蝴蝶兰的钱。

（2004年写）

【掩卷沉思】

普通话里，边音只有一个"l"。舌尖与上齿龈后部的硬腭接触，气流从舌头两边通过发音。这是读好"蓝"与"莲"的关键所在。

"蝴蝶兰""马蹄莲"皆摹花状而命名，富于美感。

此令最后一句十分绕脑，机关在于"先卖蝴蝶兰，后买马蹄莲"。虽然解决了绕脑难题，但要速读此令，也是不易。

铁蛋儿逛鞋店

铁蛋儿逛鞋店，
鞋店连鞋店。
有的店买鞋赠鞋带儿，
有的店买鞋送鞋垫儿，
有的店不赠带儿也不送垫儿，
有的店既赠带儿又送垫儿。
铁蛋儿紧紧捂钱袋儿，
不贪鞋带儿和鞋垫儿，
只在乎品牌、鞋底儿和鞋面儿，
耐着性子扫鞋店。

(2008年10月31日写)

【掩卷沉思】

儿化音最根本的,是使一个音节的主要元音带上卷舌色彩。如"鞋带儿"应该读作"xiédàr","鞋面儿"应该读作"xiémiàr"(以 i 或 n 为韵尾的韵母,儿化后丢掉韵尾,主要元音后面加 r)。

无目的地逛街,往往会多买一些计划外的东西。老王提供一条逛街妙招——不在乎附加的赠品,只在乎需要的东西。

做事情也是一样道理,瞄准目标,抬头直进,不管其他,正如刘半农所说:"我们做事,只须抬起了头,向前直进,不必在这'抬头直进'四个字以外,再管什么闲事。"

由此,又想起马克·吐温一段著名的论述来:"如果你为了俯瞰大地上的各个王国而登上了雄伟的马特峰,竟在山顶上发现了草莓,这也许是令人愉快的事。但是……你不是为了草莓才攀登上山峰的。"其中道理,与此无异。

彩艳画彩蛋

彩艳念美院,
毕业没钱赚。
卖掉大彩电,
开爿彩蛋店。
彩艳画彩蛋,
黑白连轴转。
画阿瞒,画蒋干,
画玉环,画飞燕,
画静物,画动漫,
个个彩蛋开生面。
小小鸡蛋壳,
变为金不换。
赚钱不唯钱,

活动不间断：
或者出灯谜，
猜中送彩蛋；
或者出对句，
对上送彩蛋；
或者出方程，
解出送彩蛋；
写段绕口令，
念好送彩蛋……
她想不赚钱，
钱偏让她赚。
最好的一个蛋，
换回俩彩电。
记者们惊叹：

cǎi yàn huà cǎi dàn
彩艳画彩蛋，

cǎi dàn huàn cǎi diàn
彩蛋换彩电！

diàn shì shang chēng zàn
电视上称赞：

cǎi yàn fū huà cǎi dàn
彩艳孵化彩蛋，

cǎi dàn chéng jiù cǎi yàn
彩蛋成就彩艳！

cǎi yàn cǎi dàn diàn
彩艳彩蛋店，

mó huàn dàn mó fàn diàn
魔幻蛋，模范店。

（2010年6月5日写）

【掩卷沉思】

韵母"ian""uan""an"纷至沓来，抓住其打头字母，注意区别其发音即可，"ian"开头双唇略扁，"uan"开头双唇拢圆，"an"开头嘴微张。

老王别出心裁，竟把绕口令写成了一个完整的商业策划，市场调查、产品制作、销售方式，一应俱全。彩艳社会效益和经济效益兼顾，最终取得成功。一个绝妙好点子，完全可以实践，您试试？

李柴裁吕柴

李柴懂铝材不懂理财，
吕柴懂理财不懂铝材。
李柴卖铝材聘吕柴理财，
吕柴协助李柴经营铝材，
李柴借助吕柴大发铝财。
吕柴传授李柴如何理财，
李柴学会理财裁了吕柴。
吕柴已然熟悉铝材，
离了李柴经销铝材。
李柴输给了吕柴，
吕柴并购了李柴。

（2010年6月6日写）

【掩卷沉思】

掌握韵母"ch""c"的发音要领，"ch"是翘舌音，发音时舌头卷起；而"c"是平舌音，发音时舌头平伸，可区分"柴"与"材"。另外，须注意韵母"i"发音时不圆唇，而"ü"则圆唇，这样即可区分"李"与"吕"字的读音。

相传，猫教老虎本领，留下上树一招，用以防身。吕柴悉心教授李柴，结果"教会徒弟，饿死师傅"。其根源在于李柴过河拆桥，心中全无感恩之念。此令写出人情冷暖，共苦容易同甘难。现实中，此类事件时有耳闻，正如一副对联说的："阅尽人情知纸厚，踏穿世路觉山平。"

老算和老涮

老算怕人涮，

老涮怕人算。

老涮订购老算的蒜，

签个合同防算防涮。

老涮说"一元钱一辫"，

老算说"一元钱一瓣"。

老算把"一瓣"听成"一辫"，

老涮把"一辫"听成"一瓣"。

老涮的"辩",老算的"瓣",

合同上都是"辩论"的"辩"。

口头发音没细辨,

书面合同没细看。

老涮老算买蒜卖蒜,

签下的合同要兑现。

老算说这个"辩"肯定是"瓣",

老涮说这个"辩"铁定是"辩"。

老涮不服老算,

老算不服老涮。

老涮老算进法院,

法院立案辨"辩""瓣"。

案卷堆了三尺半,

烂了七吨紫皮蒜。

(2010年6月11日写)

【掩卷沉思】

关于韵母"ian""uan""an"的辨正,详见《彩艳画彩蛋》。

2010年,大蒜种植面积缩减,甲流盛行,大蒜价格一路飙升。针对这一现象,老王作此绕口令。此令故事情节完整,又有教育意义,签合同一字不认真,导致双方受损。可谓合同无小事,一字值千金。

草鞋之家

老草说草鞋靠草,诨名"好草";

大草说草鞋靠巧,艺名"巧草";

小草说草鞋靠炒,网名"炒草"。

好草的草成就了巧草的巧,

巧草的巧升华了好草的草。

炒草设计了"巨草"、"中草"和"微草":

巨草如小船,微草如大枣,中草正合脚。

新编绕口令(第2版)

　　chǎo cǎo chǎo xié yòng diàn nǎo
　　炒草炒鞋用电脑,
　　míng yáng bīng dǎo bā lí dǎo
　　名扬冰岛巴厘岛。
　　jù cǎo wēi cǎo chǎo jìn le shì bó huì
　　巨草微草炒进了世博会,
　　zhōng cǎo chǎo shàng le zǒng tǒng de jiǎo
　　中草炒上了总统的脚。
　　yào wèn cǎo xié chéng gōng zhī dào
　　要问草鞋成功之道——
　　hǎo cǎo　qiǎo cǎo　chǎo cǎo
　　好草,巧草,炒草!

　　注:本令中的"炒",淡化了贬义色彩。一质量,二工艺,三宣传,缺一不可。

(2010年6月14日写)

【掩卷沉思】

　　韵母"iao"发音时比"ao"多一个必不可少的动作:扁嘴发出"i"。至于声母"h"与"q",前者是舌根阻音,后者是舌面阻音,发音部位不同。

　　2010年,冰岛火山爆发,火山灰致使多国航空公司受到影响;上海世博会开幕,轰动全球。此令将冰岛、世博会纳入其中,也是对历史的记录。

　　恰如老王所说,质量、工艺、宣传一环扣一环,一样也不能少。经商者若能遵循此规律,也就掌握了商业成功之秘密。

黄发黄花

孪生兄妹,黄发黄花,

黄发卖花,黄花卖瓜。

黄发卖完花帮黄花卖瓜,

黄花卖完瓜帮黄发卖花。

黄发常把瓜说成花,

黄花常把花说成瓜。

(2010年6月18日写)

【掩卷沉思】

牢记"h"由舌根与软腭接近,形成间隙,气流从间隙摩擦通过发音;"f"却是上齿与下唇接触形成阻碍而发音。两者发音部位不同。

此令篇幅短小,语言朴实,局部绕,整体也绕,乃锻炼唇齿音的好素材。

租屋

老舒姓舒服的舒，
老苏姓姑苏的苏，
老舒把老屋出租给老苏。
老苏要在老屋院里养猪，
老舒说要养猪就得加租。
老苏说养猪供小苏读书，
恳求老舒不加租。
老舒老苏争房租，
来了小舒和小苏，
小舒小苏同班读书。
小苏把老苏介绍给小舒，
小舒把小苏介绍给老舒。
老舒说："老苏啊老苏，

养猪吧养猪,
不加租还要减租。
读书吧读书,
小苏啊小苏!"

(2010年6月19日写)

【掩卷沉思】

普通话里,"z、c、s"属于平舌音,舌尖轻轻抵住上齿背,气流通过发音;而"zh、ch、sh、r"则是翘舌音,舌尖抵住硬腭前端形成阻碍,发出声音。弄清这些规律,"舒"与"租"即可区别开来。

房东和租房者争执不下,却因"孩子是同学"出现转机,情节设计合理。老苏和老舒解决不了的难题,孩子们出马水到渠成。是小舒和小苏复苏了老舒的"幼吾幼以及人之幼"之心。

彭典评点瓶胆

彭典挑选瓶胆,
当众评点瓶胆。

péng diǎn píng diǎn rě fán lǎo bǎn
彭典评点惹烦老板,

bú ràng péng diǎn píng diǎn píng dǎn
不让彭典评点瓶胆。

lǎo bǎn tuī lā péng diǎn
老板推拉彭典,

péng diǎn pèng cán píng dǎn
彭典碰残瓶胆。

lǎo bǎn ràng péng diǎn péi píng dǎn
老板让彭典赔瓶胆,

péng diǎn bù péi lǎo bǎn píng dǎn
彭典不赔老板瓶胆。

lǎo bǎn hǎn lái chéng guǎn
老板喊来城管,

chéng guǎn bù guǎn píng dǎn
城管不管瓶胆。

(2010年6月26日写)

【掩卷沉思】

"eng"发音要领:口自然张开,发音时,e的舌位比单发时偏前且低,之后舌根抬起与软腭接触,拦截气流,使其从鼻腔通过,发出后鼻音韵母"eng"。

"ing"发音要领:双唇微微展开,舌尖抵住下齿背,舌面前部隆起与硬腭形成缝隙,发出"i"音,之后则与"eng"中的"ng"发音方法相同,发出"ing"音。

老王临时借用"评点"一词,与"彭典""老板""瓶胆"构成谐音,描绘了生活中一个画面。俗话说"褒贬是买主",卖主何必过敏?买主直言贾祸,也有教训可吸取。

双曼米线冷面店

李曼冷面店,

挨着吕曼米线店。

李曼门面小,

吕曼小门面。

冬天米线火,

冷面生意淡;

夏天冷面火,

米线生意淡。

李曼和吕曼,

携手合开店。

打通墙一面,

小店变大店。

lěngmiànzhuàn　mǐ xiànzhuàn
冷面赚，米线赚，
lǐ mànzhuàn　lǚ mànzhuàn
李曼赚，吕曼赚。
shuāngmàn mǐ xiàn lěngmiàndiàn
双曼米线冷面店，
sì jì hóng huo bù qīng dàn
四季红火不清淡。

（2010年7月16日写）

【掩卷沉思】

　　单韵母"i"发音时不圆唇，而"ü"则圆唇，可读"李""吕"加以体会。

　　声母"d"是舌尖阻音，舌尖抵住上齿龈，除阻发音；而"m"则是双唇阻音，双唇自然用力，避免内裹，气流在双唇内侧受到阻碍，从鼻腔透出成声。请读"淡"与"面"加以区分。

　　李曼和吕曼不蛮干，而是按照市场规律办事，联起手来，化小为大，优势互补，资源共享，有效地利用了资源，又互惠互利，何乐不为？

zhè jiāng zhāo shāng shāo shè xiāng
浙江招商捎麝香

zé xiāng biǎo xiōng shì zhé sāng
泽湘表兄是哲桑，
zhé sāng biǎo mèi shì zé xiāng
哲桑表妹是泽湘。

zhé sāng zhāo shāng fù zhè jiāng
哲桑招商赴浙江,
zé xiāng tuō zhé sāng mǎi shè xiāng
泽湘托哲桑买麝香。
zhé sāng dào zhè jiāng huì zhè shāng
哲桑到浙江会浙商,
wú yì zhōng tí jí hǎo shè xiāng
无意中提及好麝香。
zhè shāng sǎo biàn zhè jiāng xuǎn shè xiāng
浙商扫遍浙江选麝香,
sōu xuǎn lái shè xiāng sòng zhé sāng
搜选来麝香送哲桑。
zhé sāng wǎn jù zhè shāng sòng shè xiāng
哲桑婉拒浙商送麝香,
qīn gòu shè xiāng sòng zé xiāng
亲购麝香送泽湘。
zhé sāng zhāo shāng shāo shè xiāng
哲桑招商捎麝香,
jīng dòng zhè shāng tài huāng táng
惊动浙商太荒唐。
zé xiāng qǐ zhī zhé sāng shì
泽湘岂知哲桑事,
zhí kuā shè xiāng xiè zhé sāng
直夸麝香谢哲桑。

(2010年8月12日写)

生意广场

【掩卷沉思】

在南方有些地区的方言中,"j、q、x"与"z、c、s"是混乱的。这两组声母的根本区别在于,它们的发音部位不同。"j、q、x"是舌面音,舌面前部与硬腭形成阻碍发音;而"z、c、s"则是舌尖前音,舌尖与上齿背形成阻碍发音。"j、q、x"发音时,舌尖一直抵在下齿背,切忌抵在上下齿之间,否则会出现与"z、c、s"混淆的现象。掌握这些规律,并强化练习,发音时各部位一定要准确到位,读起来则会顺畅许多。

　　此令折射出一种畸形的社会现象——行贿受贿之风蔓延。哲桑会浙商,一句无心之语,浙商竟以为是索贿"暗示",劳神伤财献殷勤。若哲桑谨言慎行,何来此番折腾?但是,不折腾何有此令?一笑。

生活场景

串门
烙饼
小邓和小郑
傅兰和扈莲
门房和煤房
小郎和小梁
萧萍和邵鹏
贴春联
爸，瞧，挑袍！
加里曼丹
相约赶集
梅亢丢门框
画眉和画梅
骑驴赶集
杂技
小花和小发
游天坛
手抄报
球鞋
电褥子
不是父子
哥斯达黎加和尼加拉瓜以及多米尼加
桑树和樟树
老初、老朱、老苏、老舒
啃肥鸡
梅州三梅
楚富忘了祖父嘱咐
乡村小道
相亲小调
护士讲故事
乒乓球之家
枝儿和珍儿
肘子和种子
老公把老婆叫老公
行百里者半九十
朱六
朱六的竹楼、竹篓、纸篓和紫狗
两只袋鼠
俩门卫
龙凤三胞胎绕口令
山东臆造银

串门

小明去小萌家串门,

恰逢小萌去小民家串门;

小萌去小民家串门,

恰逢小民去小梅家串门;

小民去小梅家串门,

恰逢小梅去小明家串门;

小梅去小明家串门,

恰逢小明家锁着门——

小梅见门楣上写着:

小明去小萌家串门!

(2007年9月25日写)

【掩卷沉思】

韵母"in—ing、en—eng"的辨正是这则绕口令的难点。

"in""en"属于前鼻音韵母,"ing""eng"属于后鼻音韵母。

前后鼻音韵母发音时最大的区别在于,归音位置不同。前鼻音韵母归音时,舌尖抵住上齿龈;而后鼻音韵母归音时,舌根隆起,与软腭接触。

发"in""en"时,舌位切莫向后移动,否则就会与后鼻音韵母混淆了。

这真是"线头掉进针眼里,赶巧了",你找我,我找他,谁也不在家。此令宛若一篇超微型小说,丰富了绕口令体裁,人物辗转"寻找",却都没有找到,结尾出人意料又在情理之中,给人留下遐想空间,产生美感。这岂不是小说中"寻找"的母题?可谓绕口令与小说之嫁接也!"明、萌、民、梅、门、楣"流星赶月,应接不暇,而又次序井然。

lào bǐng
烙 饼

lǎo běng lào bǐng
老绷烙饼,

dà běng xiǎo běng chī bǐng
大绷小绷吃饼;

dà běng gēn xiǎo běng zhēng bǐng
大绷跟小绷争饼,

qì de lǎo běng bú lào bǐng
气得老绷不烙饼。

dà běng lào bǐng
大绷烙饼，

lǎo běng xiǎo běng chī bǐng
老绷小绷吃饼；

lǎo běng gēn xiǎo běng qiǎng bǐng
老绷跟小绷抢饼，

qì de dà běng bú lào bǐng
气得大绷不烙饼。

xiǎo běng lào bǐng
小绷烙饼，

lǎo běng dà běng chī bǐng
老绷大绷吃饼；

lǎo běng bù gēn dà běng zhěng bǐng
老绷不跟大绷争饼，

dà běng bù gēn lǎo běng qiǎng bǐng
大绷不跟老绷抢饼。

注：绷读上声。

（2013年2月16日写）

【掩卷沉思】

"老"与"烙"，读音相同，区别在声调。

"绷"与"饼"，声调相同，区别在韵母。

"老绷""大绷""小绷"轮番上阵去烙饼，有争有抢，有烙有吃，一幅生动的生活场景跃然纸上。在文学创作，尤其是绘本创作中，相似情节往往循环往复，只是通过调整局部词语来推动情节发展，读起来朗朗上口，品起来机锋迭出。老王绕口令颇得其妙，"烙饼"情节有意重复三次，每次都略有不同，有趣、好玩、有料，对练口练脑颇有益处。

行文至此，小赵手痒，写一句话绕口令，博君一乐：老绷烙饼大绷吃饼小绷抢饼。

xiǎodèng hé xiǎozhèng小邓和小郑

dìngzhōu de xiǎodèng qù qǐngdèngzhōu de xiǎozhèng
定州的小邓去请邓州的小郑，

dèngzhōu de xiǎozhèng qù qǐng dìngzhōu de xiǎodèng
邓州的小郑去请定州的小邓，

xiǎodèng zài zhèngzhōu pèng dào le xiǎozhèng
小邓在郑州碰到了小郑，

xiǎozhèng zài zhèngzhōu yù jiàn le xiǎodèng
小郑在郑州遇见了小邓。

xiǎodèng qǐng xiǎozhèng qù dìngzhōu
小邓请小郑去定州，

xiǎozhèng qǐng xiǎodèng qù dèngzhōu
小郑请小邓去邓州。

bù zhī xiǎodèng qǐngdòng le xiǎozhèng
不知小邓请动了小郑，

hái shi xiǎozhèng qǐngdòng le xiǎodèng
还是小郑请动了小邓。

（2008年12月24日写）

【掩卷沉思】

"定"与"邓"，韵母都是后鼻音，分别为"ing"和

"eng"。两者的区别是起点元音不同,发"i"时,舌面前部隆起;发"e"时,舌面后部隆起。

此令假设小邓和小郑互相邀请,可能会产生两种结果,供读者猜想但并不给出答案,留下艺术空白,耐人寻味,属于"假设令"。

更巧妙的是,定州在北,邓州在南,郑州居中,弄清"三州"位置,读起来会顺畅许多。老王将"三州"和"郑""邓"嵌入绕口令,以地名、姓氏入令,颇费心机,读此绕口令,练口练脑,还增长地理知识,妙哉!

傅兰和扈莲
<small>fù lán hé hù lián</small>

路北是残联,
<small>lù běi shì cán lián</small>

路南是妇联,
<small>lù nán shì fù lián</small>

路边有护栏。
<small>lù biān yǒu hù lán</small>

傅兰陪扈莲去了路北的残联,
<small>fù lán péi hù lián qù le lù běi de cán lián</small>

扈莲又陪傅兰去路南的妇联。
<small>hù lián yòu péi fù lán qù lù nán de fù lián</small>

傅兰要跨越护栏去妇联,
<small>fù lán yào kuà yuè hù lán qù fù lián</small>

扈莲劝说傅兰别跨护栏。
<small>hù lián quàn shuō fù lán bié kuà hù lán</small>

hù lián hé fù lán
扈莲和傅兰，

rào guò hù lán qù fù lián
绕过护栏去妇联。

（2009年2月27日写）

【掩卷沉思】

　　此令中"傅""扈"等字的设计，目的是区分唇齿音"f"与舌根阻音"h"。

　　"兰""莲"则是为了辨正韵母"an""ian"，两者的区别是，"lán"发音时，边音"l"之后，口形迅速张开；而"lián"发"l"时，嘴角稍微用力，有明显扁嘴动作，这是由"i"引起的。

　　此令虽短，却把一则小故事讲得活灵活现，人物：傅兰与扈莲，环境：路北和路南，情节：劝人别跨护栏，故事要素一应俱全；又针对"l"与"n"、"h"与"f"易混的情况进行训练，"南""栏"难分，"扈""傅"难辨，多加练习，熟能生巧。既劝人文明过马路，又锻炼口齿，真是一石二鸟。

mén fáng hé méi fáng
门房和煤房

mén fáng zuǒ miàn shì méi fáng
门房左面是煤房，

méi fáng yòu miàn shì mén fáng
煤房右面是门房。

mén fáng yǒu mén méi méi
门房有门没煤,

méi fáng yǒu méi méi mén
煤房有煤没门。

mén fáng chū le mén fáng de mén
门房出了门房的门,

qù cuō méi fáng de méi
去撮煤房的煤。

mén fáng cuō lái méi fáng de méi
门房撮来煤房的煤,

jìn bu qù mén fáng de mén
进不去门房的门——

mén fáng wàng dài mén fáng de yào shi
门房忘带门房的钥匙,

dà fēng suǒ shàng le mén fáng de mén
大风锁上了门房的门。

注:门房时而指房,时而指人。

(2006年6月26日写,2010年5月27日改)

【掩卷沉思】

《门房和煤房》用于辨正带舌尖鼻尾音韵母"en"和前响复合元音韵母"ei"。

"en"发音时,舌位升高,舌尖抵住上齿龈,软腭下垂,受阻气流从鼻腔流出。舌位移动小。

"ei"发音时,舌尖轻抵下齿背,舌面后部隆起对着硬腭中部,舌位向"i"方向升高。舌位移动较大。

绕口令故意混淆"门房"的概念,构成逻辑上的

"绕"；前四句采用回环手法，介绍门房与煤房位置及其特点，构成往复交错之美，三四句又用顶真，上递下接，环环相扣，富有节奏感。

此令选取生活中的小片段，令大风充当一个角色，制造尴尬。现实感强，如临其境，又在"门""煤"读音上巧做文章，对区分韵母"en""ei"颇有帮助。

小郎和小梁

小郎小梁垂钓于师专池塘。

师专池塘邻近迟氏祠堂，

迟氏祠堂邻近职专食堂，

职专食堂邻近师专池塘。

师专池塘与职专食堂，

隔着七尺高的石墙。

小郎要翻过石墙去食堂，

小梁要绕道祠堂去食堂。

不知小郎听从了小梁，

hái shi xiǎoliáng suí cóng le xiǎoláng
还是小梁随从了小郎。

注：三者位置如下所示。
　　　③食堂
　　　　一道石墙……
②祠堂　　①池塘

（2007年8月23日写）

【掩卷沉思】

"池(chí)""祠(cí)"，发音上的区别在于，"ch"是翘舌音，舌尖翘起抵住硬腭前部；而"c"是平舌音，舌尖平伸，抵住上齿背。

"塘"与"墙"，韵母分别为"ang""iang"，均为带舌根鼻尾音韵母，其根本区别在于起点元音不同，"ang"起点元音是后低不圆唇元音"a"；而"iang"则由前高元音"i"开始，舌位向后滑降到"a"，再升高并带出"－ng"。

此令绕口又绕脑，弄清"池塘""食堂""祠堂"位置是关键，见示意图。

xiāo píng hé shàopéng
萧萍和邵鹏

xiāo píng dào dōngchéng gòu shāobing
萧萍到东城购烧饼，
shàopéng dào xī chéng mǎi shāopíng
邵鹏到西城买烧瓶。

shào péng ràng xiāo píng shāo shāo bing
邵鹏让萧萍捎烧饼，

xiāo píng tuō shào péng shāo shāo píng
萧萍托邵鹏捎烧瓶。

xiāo píng shāo lái shāo bing gěi shào péng
萧萍捎来烧饼给邵鹏，

shào péng shāo lái shāo píng gěi xiāo píng
邵鹏捎来烧瓶给萧萍。

（2005年写，2010年改）

【掩卷沉思】

　　声母"b"与"p"都是双唇音，由气流冲破双唇阻碍而发音。但"b"是不送气爆破音，而"p"却是送气爆破音，有明显气流从嘴唇中部冲出。

　　萧萍和邵鹏住在城市中央，两人互帮互助，互惠互利，节省了时间，提高了效率，省去不少周折。烧饼，读"shāobing"。读准了音，效果更好。

tiē chūn lián
贴春联

guò dà nián　tiē chūn lián
过大年，贴春联，

nán huài le shàng lán hé xià lán
难坏了尚兰和夏兰。

shàng lán fēn bu qīng shàng lián hé xià lián
尚兰分不清上联和下联，

xià lán fēn bu qīng xià lián hé shàng lián
夏兰分不清下联和上联。

shàng lán ná zhe chūn lián zhǎo xià lán
尚兰拿着春联找夏兰，

què kàn jiàn xià lán zhì tóng qián
却看见夏兰掷铜钱。

xià lán zhì qián dìng shàng lián
夏兰掷钱定上联，

shàng lán dèng yǎn kàn xià lán
尚兰瞪眼看夏兰。

（2008年5月29日写）

【掩卷沉思】

"尚兰""夏兰"听起来像"上联""下联"，原因在于"lán"和"lián"的韵母。其最大区别是，"lián"发"l"时，用扁嘴动作，这是由"i"音决定的，即可对两者作出区分。

贴春联时，很多人分不清上下联。老王抓住这一普遍现象，紧贴生活写出此令，又敏锐捕捉人物动作"夏兰掷钱，尚兰瞪眼"，二人憨态可掬，煞是好玩。

捎带说明区分上下联的基本原则：上联仄字收尾，下联平字收尾。新四声的仄声，包括汉语拼音第三声和第四声；平声，包括汉语拼音第一声和第二声。旧四声的仄声包括上、去、入三声。

爸,瞧,挑袍!

大朴和小朴,

看京剧《灞桥挑袍》。

小朴把《灞桥挑袍》,

说成《灞桥挑瓢》。

大朴更正小朴:

"不是《灞桥挑瓢》,

是《灞桥讨袍》!"

大朴和小朴,

都没说对《灞桥挑袍》。

《灞桥挑袍》演到高潮,

小朴说:

"爸,瞧,挑袍!"

(2010年1月4日写,2010年5月29日改)

【掩卷沉思】

"bà""páo""piáo","b"与"p"两者的根本区别是,"b"是不送气音,"p"是送气音。双唇力量集中于中部,忽然打开,不送气,是"b";感觉有股气流送出口腔,则是"p"。

绕口令有如邮票,方寸间展示大天地。老王截取生活小片段,依据"灞桥挑袍"四字的谐音"灞桥挑瓢""灞桥讨袍"等作出此令,间杂以"朴"(piáo)姓,绕口令艺术特色鲜明,煞是好玩。

机关不止于此,老王"螺蛳壳里做道场",对绕口令创作手法进行了探索和创新,此令在结构上也别出心裁,采用两条线索,一明一暗。大朴和小朴互相纠正读音,此明线;京剧《灞桥挑袍》的情节发展,此暗线。两条线索并行、暗合,如京剧《灞桥挑袍》演到高潮时,曹操赠袍,关羽担心有诈,以刀挑袍,扬长而去。而小朴所说"爸,瞧,挑袍"恰是对此情节的描述,绕口令情节亦到高潮。构思之巧,令人赞叹。

加里曼丹
jiā lǐ màn dān

dà màn yāo qǐng xiǎo màn
大曼邀请小曼,
jiā lǐ màn dān miàn diàn chī miàn
加里曼丹面店吃面。

dà màn chī miàn kuài
大曼吃面快，

xiǎo màn chī miàn màn
小曼吃面慢。

dà màn chī wán liǎng wǎn bàn miàn
大曼吃完两碗半面，

liǎng gè tān huáng dàn
两个摊黄蛋；

xiǎo màn cái chī yì wǎn bàn miàn
小曼才吃一碗半面，

bàn lǎ tān huáng dàn
半拉摊黄蛋。

dà màn mǎn miàn liú hán
大曼满面流汗，

xiǎo màn hán liú mǎn miàn
小曼汗流满面。

dà màn shuō jiā lǐ màn dān miàn diàn de miàn
大曼说加里曼丹面店的面，

bù rú bā lí miàn diàn de miàn
不如巴厘面店的面；

xiǎo màn shuō bā lí miàn diàn de miàn
小曼说巴厘面店的面，

bù rú jiā lǐ màn dān miàn diàn de miàn
不如加里曼丹面店的面。

dà màn shuō xià zhōu qù ā màn miàn diàn chī miàn
大曼说下周去阿曼面店吃面，

xiǎo màn shuō bù rú qù miǎn diàn miàn diàn chī miàn
小曼说不如去缅甸面店吃面……

注:加里曼丹即婆罗洲,世界第三大岛。巴厘,印度尼西亚岛屿。

(2010年6月7日写)

【掩卷沉思】

声母"d"与"m"有明显区别,"d"是舌尖中阻音,发音时,舌尖从上齿龈处弹开;而"m"是双唇浊辅音,双唇自然闭拢,气流从鼻腔透出成声。

由"吃面"引发的小故事,视线延伸到加里曼丹和巴厘岛,除却利用地名"加里曼丹"的谐音外,还在大曼和小曼对话中运用了绕口令常用手法——比较,比较哪里的面好吃。这些手法的综合运用使绕口令别具特色。

相约赶集

老黎和老倪,
相约去赶集。
老黎去找老倪,
半路遇到老于。
老于拉住老黎,
下了两盘棋。

老倪去找老黎,

遇上老徐湖边钓鱼。

老倪看老徐钓鱼,

忘了找老黎赶集。

老黎下完棋找到老倪,

早就散了集。

老黎埋怨老倪,

不该看老徐钓鱼;

老倪埋怨老黎,

不该跟老于下棋。

(2010年6月8日写)

【掩卷沉思】

"黎"和"倪",声母上有很大区别,前者是边音"l",后者是鼻音"n"。

"徐"与"于",区别也在声母上。前者声母是舌面清擦音"x",舌尖轻抵下齿背,舌面前部隆起接近硬腭,气流摩擦发声;后者声母是"y",实际上是撮口呼零声母,口形撮圆，发"yu"音。

老黎和老倪是"五十步笑百步"，都不从自身找原因，反倒埋怨对方，煞是可笑。

生活中，此类现象十分常见。本来要去做甲事，却受了诱惑去做乙事，到头来，计划落空，悔之晚矣。轻则误一日，重则毁一生。

méi kàng diū mén kuàng
梅亢丢门框

méi kàng shàng jí mǎi mén kuàng
梅亢上集买门框，

káng zhe mén kuàng lèi gòu qiàng
扛着门框累够呛。

bàn dào xiē jiǎo xiǎo méi kuàng
半道歇脚小煤矿，

méi kuàng mén wèi jiào méi fàng
煤矿门卫叫梅放。

méi kàng bǎ mén kuàng fàng méi kuàng
梅亢把门框放煤矿，

má jiàng guǎn li dǎ má jiàng
麻将馆里打麻将。

dǎ wán má jiàng huí méi kuàng
打完麻将回煤矿，

huí le méi kuàng zhǎo mén kuàng
回了煤矿找门框。

zhǎo bu dào mén kuàng wèn méi fàng
找不到门框问梅放，

méi fàng shuō méi kàn jiàn méi kàng fàng mén kuàng
梅放说没看见梅亢放门框。

méi kàng ràng méi kuàng péi mén kuàng
梅亢让煤矿赔门框，

kuàng zhǎng shuō　　méi kuàng mén wài fàng mén kuàng
矿长说："煤矿门外放门框，

fàng xià mén kuàng dǎ má jiàng
放下门框打麻将。

nǐ méi gù méi fàng kān mén kuàng
你没雇梅放看门框，

píng shá ràng méi kuàng péi mén kuàng
凭啥让煤矿赔门框？"

shén méi fàng a guǐ méi fàng
神梅放啊鬼梅放，

shuǎ gè bǎ xì dòu méi kàng
耍个把戏逗梅亢。

dǎi zhù méi zhuāng chē yí liàng
逮住梅庄车一辆，

shāo zǒu le mén kuàng mán méi kàng
捎走了门框瞒梅亢。

（2010年6月10日写）

【掩卷沉思】

"梅""门"的韵母"ei""en"的辨正，详见《门房和煤房》。

韵母"uang"与"ang"相比，多了一个圆唇元音"u"。发音过程中，这个圆唇的动作，正是区分"uang"与"ang"的要诀所在。

老王借用小说笔法,加之顺口溜手法,作出此令。故事情节完整,源自生活,合情合理。之前层层铺垫,门框不翼而飞,矿长一番话又有理有据,眼看门框丢失成为一件"悬案",结尾揭出谜底,出人意料又在情理之中。

画眉和画梅

huà méi hé huà méi

xiǎo méi duì jìng huà méi
小梅对镜画眉,

xiǎo mín chū mén huà méi
小珉出门画梅。

xiǎoméng kàn xiǎo méi huà méi
小萌看小梅画眉,

xiǎomíng kàn xiǎo mín huà méi
小茗看小珉画梅。

xiǎoméng hǎn xiǎomíng kàn xiǎo méi huà méi
小萌喊小茗看小梅画眉,

xiǎomíng jiào xiǎoméng kàn xiǎo mín huà méi
小茗叫小萌看小珉画梅。

(2010年6月10日写)

【掩卷沉思】

韵母"ing""eng"的根本区别是起点元音不同:前者发音时,舌面前部隆起;而后者发音时,却是舌面后部隆起。请品读"茗""萌",加以区别。

此令机关在几个人名上,若能加以区分,读好并不难。

相传有一种案头剧本，读起来有趣，演起来没劲。此令因为"眉""梅"同音，听者难以分辨，舞台能配字幕就好了。

qí lǘ gǎn jí骑驴赶集

nián nian de yí méi yuē lián lian de yí
黏黏的姨没约连连的姨，

lián lian de yí méi yuē lán lan de yí
连连的姨没约兰兰的姨，

lán lan de yí méi yuē nán nan de yí
兰兰的姨没约楠楠的姨，

nán nan de yí méi yuē yuán yuan de yí
楠楠的姨没约媛媛的姨，

yuán yuan de yí méi yuē yán yan de yí
媛媛的姨没约妍妍的姨，

yán yan de yí méi yuē nián nian de yí
妍妍的姨没约黏黏的姨，

tóng shí tóng fēn tóng miǎo qí lǘ gǎn jí
同时同分同秒骑驴赶集……

nián nian de yí qí lián lian yí de lǘ
黏黏的姨骑连连姨的驴，

lián lian de yí qí lán lan yí de lǘ
连连的姨骑兰兰姨的驴，

lán lan de yí qí nán nan yí de lǘ
兰兰的姨骑楠楠姨的驴，

nán nan de yí qí yuán yuan yí de lǘ
楠楠的姨骑媛媛姨的驴，

yuán yuan de yí qí yán yan yí de lǘ
媛媛的姨骑妍妍姨的驴,
yán yan de yí qí nián nian yí de lǘ
妍妍的姨骑黏黏姨的驴,
tóng fēn tóng miǎo mǎi le tóng yí gè lí
同分同秒买了同一个梨。

(2010年6月13日写)

【掩卷沉思】

写得如此热闹,其目的却是辨正声母"l"与"n"。"l"是边音,舌尖抵住上齿龈后部,气流从舌头与两颊内侧形成的空隙通过而成声;"n"是鼻音,舌尖抵住上齿龈,气流从鼻腔透出成声。

此令所写事件似乎荒诞不经,原来是作者故设"姨阵",好像是六个人六个姨,其实不然,六个人的姨是同一个姨。老王的绕口令不单让你听,还让你想。

常说绕口令,既能提高记忆和表达能力,还能令人耳聪目明。

杂技
zá jì

shàng tái yǎn zá jì xià tái dú zá zhì
上台演杂技,下台读杂志。
huí jiā xiě zhá jì zhá jì lùn zá jì
回家写札记,札记论杂技。
zhá jì dēng zá zhì zá zhì míng zá jì
札记登杂志,杂志名《杂技》。

zá zhì zhù zá jì　zhá jì pěng zá zhì
杂志助杂技，札记捧杂志。

（2010年3月2日写）

【掩卷沉思】

"杂"与"札"用于区分平舌音"z"和翘舌音"zh"。

"技"与"志"，声母分别为"j""zh"，"j"是舌面音，发音时舌尖抵住下齿背，舌面隆起；而"zh"发音时舌尖翘起接触硬腭。

杂技演员在《杂技》杂志上发表了关于杂技的札记。

此令用"杂志""杂技"作为核心元素，与《不速之客》有异曲同工之妙。

xiǎo huā hé xiǎo fā
小花和小发

xiǎo huā bāng zhe yuándīng zāi huā
小花帮着园丁栽花，

xiǎo fā bèi zhe yuándīng zhāi huā
小发背着园丁摘花。

xiǎo huā fā xiàn xiǎo fā zhāi huā
小花发现小发摘花，

quàn shuō xiǎo fā bú yào zhāi huā
劝说小发不要摘花。

xiǎo fā bǎo zhèng bú zài zhāi huā
小发保证不再摘花，

xué xiǎo huā bāng yuándīng zāi huā
学小花帮园丁栽花。

园丁夸奖小发小花：

祖国花园两朵鲜花！

（2010 年 6 月 14 日写）

【掩卷沉思】

"摘（zhāi）"声母"zh"是翘舌音，"栽（zāi）"声母"z"是平舌音。

儿童绕口令，一个栽花，一个摘花，小花说服了小发，对儿童具有教育意义。

游天坛

小田率团游天坛，

小谭离团去日坛，

离团之前没告小田。

小田打手机找小谭，

小谭的手机断了线。

日坛的小谭要回团，

丢了手机丢了钱。

新编绕口令（第2版）

diū le shǒu jī wàng le hào
丢了手机忘了号，

xiǎo tán wú fǎ zhǎo xiǎo tián
小谭无法找小田。

xiǎo tián jí zhe zhǎo xiǎo tán
小田急着找小谭，

xiǎo tán zháo jí zhǎo xiǎo tián
小谭着急找小田。

rè guō mǎ yǐ tuán tuán zhuàn
热锅蚂蚁团团转，

mǎ yǐ rè guō zhuàn tuán tuán
蚂蚁热锅转团团。

（2010年6月16日写）

【掩卷沉思】

"田"和"团"的拼音，前者是"tián"，后者是"tuán"。正是这"i"与"u"使得两者的读音截然不同。韵母"ian"，先发出不圆唇元音"i"，再过渡到"an"；而韵母"uan"则是先发出圆唇元音"u"，才过渡到"an"。

老王旅游较少，但其绕口令中旅游题材颇多，也算是对人生遗憾的补偿吧。小谭擅自离开旅游团，致使自己无法找到团队，也给团队制造了麻烦……结果如何？结尾两句，一语道破。

手抄报

师兄小茗,

师妹小萌,

联袂办报,

商议取名。

小茗取名启蒙,

小萌取名启明。

小茗喜欢小萌取的名:

启明的明谐音小茗的茗。

小萌喜欢小茗取的名:

启蒙的蒙谐音小萌的萌。

小茗说好名毕竟只是个名,

小萌说绝不让小报徒有虚名!

(2010年6月17日写)

【掩卷沉思】

韵母"ing"和"eng"的辨正详见《画眉和画梅》。

戏剧讲究"三五步行遍天下,六七人百万雄兵",绕口令也要讲究"三言两语说古道今",无所不能道,无所不能包。

办手抄报乃往昔学生时代一件难忘之事。以此入令,题材得到拓展,又易于唤起读者旧时回忆,令人备感亲切。

球　鞋

xiǎo liú dà xué qiú xué
小刘大学求学,

tī qiú méi yǒu qiú xié
踢球没有球鞋。

lǎo liú gōng xiǎo liú qiú xué
老刘供小刘求学,

yǐ jīng jīng pí lì jié
已经精疲力竭。

lǎo liú yào mài xiǎo niú
老刘要卖小牛,

gěi xiǎo liú mǎi qiú xié
给小刘买球鞋。

xiǎo liú kù ài zú qiú
小刘酷爱足球,

xiǎo liú gèng ài xiǎo niú
小刘更爱小牛。

shuō méi qiú xié zhàoyàng qiú xué
说没球鞋照样求学,

yào qín gōng jiǎn xué mǎi qiú xié
要勤工俭学买球鞋。

xiǎo liú qín gōng jiǎn xué kè kǔ qiú xué
小刘勤工俭学刻苦求学,

bú dàn yǒu le mèng mèi yǐ qiú de qiú xié
不但有了梦寐以求的球鞋,

hái zī zhù kùn nan tóng xué qiú xué
还资助困难同学求学。

(2010年6月18日写)

【掩卷沉思】

练至此处,想必各位已经可以区分边音"l"与鼻音"n"了,读"小刘""小牛"不至于混淆。

至于"学""鞋"的韵母"üe"与"ie",须啰唆两句:它们都属于后响复合元音,区别在于,两者的起点元音不同。"üe"的起点元音是圆唇的前高元音"ü",而"ie"的起点元音是前高元音"i"。

"穷人的孩子早当家",小刘爱小牛,更爱老刘。题材源自现实,真切动人。"小刘、小牛""球鞋、求学"是其绕口处。

电褥子

老傅把电热毯叫电褥子，
把电路叫电路子。
老傅的电褥子，
断了电路子。
小扈子接通了电路子，
修好了电褥子。
老傅夸奖小扈子，
样样技术通路子。
小扈愿修电褥子，
就是怕听电路子。

（2010年6月22日写）

【掩卷沉思】

"r"与"zh、ch、sh"一样，都属于翘舌音，发音时舌尖翘起；而边音"l"则大为不同，发音时，气流从舌头与两颊内侧形成的空隙通过而成声。可以先读一读"褥子"和"路子"加以区别,再加快速度。

绕口令每句皆以"子"结尾,可称之为"子"字绕口令。

此令以叙述口吻,介绍小扈帮老傅修电褥子的过程,一路直下,未免平铺直叙,但结尾陡然逆转,小扈"怕听电路子",照应前文,又平中见奇,倍添几分谐趣。

不是父子

教师吕存珍,学生李纯真。

李纯真是吕存珍的儿子,

吕存珍不是李纯真的父亲。

纯真进步,存珍欢欣;

纯真退步,存珍焦心。

诱之循循,诲之谆谆。

寸草春晖,无限温馨。

(2014年4月13日写)

【掩卷沉思】

这是一则谜题式绕口令,"谜面"中言之凿凿:"李纯真是吕存珍的儿子",但奇怪的是"吕存珍不是李纯真的父亲"。前后看似矛盾,实则暗藏机锋。老王使出障眼法"教师吕存珍,学生李纯真",又埋下"解谜线"——"寸草春晖"。读罢此令,蓦然想起两句脍炙人口的古诗:"谁言寸草心,报得三春晖。"谜底至此解开,那么诸君猜到了吗?

在读此则绕口令之前,辨析"c""ch"的发音并不困难,前者平舌,后者翘舌。难点在于辨析单韵母"i""ü"的读音。"i"是齐齿呼,发音时不圆唇;"ü"为撮口呼,发音时圆唇。

哥斯达黎加和尼加拉瓜以及多米尼加

黎家找哥拉西瓜,

倪家找哥拉丝瓜。

妹说:"黎家拉西瓜,

倪家拉丝瓜。

哥是答黎家,

哥是答倪家?"

gē shuō　　wù bu liǎo lí jiā de xī guā
哥说："误不了黎家的西瓜,
yě wù bu liǎo ní jiā de sī guā
也误不了倪家的丝瓜。
xiān gěi lí jiā lā guā
先给黎家拉瓜,
zài gěi ní jiā lā guā
再给倪家拉瓜。
bú lùn mǐ duō de lí jiā hái shi duō mǐ de ní jiā
不论米多的黎家还是多米的倪家,
dōu zhǐ wàng zhè yí jì guā
都指望这一季瓜。"

(2010年6月25日写)

【掩卷沉思】

　　边音"l"与鼻音"n"这对"冤家"再次被嵌入绕口令,供大家辨正练习。

　　"西(xī)"与"丝(sī)"的反复出现,也给速读绕口令带来一些难度。原因在于其声母"x"与"s",两者发音部位不同,"x"是舌面阻音,舌面隆起与硬腭形成缝隙,气流摩擦通过发声;而"s"则是舌尖前阻音,舌尖接近上齿背,摩擦发音。

　　此令的机关藏于题目中,乍一看,绕口令内容与题目无关。细细分析,令中语句皆由"哥斯达黎加"等国家名的谐音构成,听起来像念国家名,实际是在讲述"哥"帮人拉瓜的故事,谐趣顿生,形成错落美。

桑树和樟树

臧肃东邻是商速,
商速西邻是臧肃。
臧肃房东有株桑树,
商速房西有株樟树。
臧肃想伐了桑树栽樟树,
商速想砍了樟树栽桑树。
臧肃说你别砍樟树我也别伐桑树,
商速说你不伐桑树我也不砍樟树。
臧肃说我的桑树换你的樟树,
商速说我的樟树换你的桑树。

(2013年1月4日写)

【掩卷沉思】

"板凳宽,扁担长。板凳没有扁担长,扁担没有板凳宽。"

"乒乒啪啪,啪啪乒乒。不知是盆碰瓶,还是瓶碰盆。"

在传统绕口令中,通常会选取读音相近的两个及以上的字词,交叉出现,绕口绕脑。读此类绕口令,除了捋清楚"扁担""板凳"或"盆""瓶"等词语之间的关系之外,还需要口齿舌迅速从一种状态切换到另一种状态。虽非易事,倒也有趣。

这则绕口令可以说是传统绕口令的升级版,居然选取了四个读音相近的词语——"臧肃""商速""桑树""樟树",词语音节之间既有相同之处,也有细微区别。正因为如此,读起来才显得十分绕口。老王特意设置一些细节,比如方位上的,"臧肃""商速"是邻居,分别种植"桑树""樟树",又设置一个完整的情节,两位邻居都想砍掉自己的树种新树,而新树又恰恰是对方想砍掉的树,最后达成一致。这就为读好此令提供了一把钥匙,捋顺关系,准确读出便不是难事。

lǎo chū、lǎo zhū、lǎo sū、lǎo shū
老初、老朱、老苏、老舒

lǎo sū wèn lǎo shū
老苏问老舒:

nǎ ge shì lǎo chū
"哪个是老初,

nǎ ge shì lǎo zhū
哪个是老朱?"

lǎo shū gào su lǎo sū
老舒告诉老苏：

lǎo chū bǐ lǎo zhū gāo
"老初比老朱高，

lǎo zhū bǐ lǎo chū cū
老朱比老初粗。"

lǎo chū wèn lǎo zhū
老初问老朱：

nǎ wèi shì lǎo sū
"哪位是老苏，

nǎ wèi shì lǎo shū
哪位是老舒？"

lǎo zhū gào su lǎo chū
老朱告诉老初：

lǎo sū méi lǎo shū gāo
"老苏没老舒高，

lǎo shū méi lǎo sū cū
老舒没老苏粗。"

（2010年7月4日写）

【掩卷沉思】

　　此令用于锻炼圆唇元音"u"的发音。发音时，双唇呈小圆形，并向前微突，舌略后缩，声带振动，气流均匀通过口腔。

　　用模糊法传递清晰的信息，是生活中常用的手法。为介绍人物去量身高腰围反而滑稽，只是局内人有会于心而局外人不知所云罢了，而此令要的正是这个效果。作者所选的四个姓氏虽是为了绕口，但也是常见的。

啃肥鸡

买肥鸡，不稀奇，

坐飞机，不稀奇。

坐上飞机啃肥鸡，

你说稀奇不稀奇？

啃得门牙颤巍巍，

啃得空姐笑眯眯。

啃掉肥鸡一个翅，

飞机迫降落了地。

第一我没吹牛皮，

第二和他没关系！

(2010年7月3日写)

【掩卷沉思】

"飞"与"肥"，声调不同。"飞"的声调是"阴平"，读起来均匀、平直；"肥"的声调是"阳平"，属于高升调型。

稍作区分,矫正读音后,再读此令,则添几分韵味。

飞机迫降偶有发生,并不稀奇;坐飞机啃肥鸡,也不稀奇。此令故意用"fei ji"的读音混淆"飞机"和"肥鸡",脑洞大开,颇为有趣。

梅州三梅
(méi zhōu sān méi)

梅州梅县梅镇梅村有个梅盟,
(méi zhōu méi xiàn méi zhèn méi cūn yǒu ge méi méng)

字明皿,号皿明,
(zì míng mǐn, hào mǐn míng)

盆底日月是网名。
(pén dǐ rì yuè shì wǎng míng)

儿子梅明,字每木,号盟鸥,
(ér zi méi míng, zì měi mù, hào méng ōu)

姑娘梅皿,字木每,号鸥盟。
(gū niang méi mǐn, zì mù měi, hào ōu méng)

姓名好像绕口令,
(xìng míng hǎo xiàng rào kǒu lìng)

绕得亲朋舌头疼。
(rào de qīn péng shé tou téng)

明皿盟,盟皿明,
(míng mǐn méng, méng mǐn míng)

韵母不同声母同。
(yùn mǔ bù tóng shēng mǔ tóng)

(2014年4月4日写)

【掩卷沉思】

速读一遍,极易出错,令人禁不住怀疑自己的舌头是不是打结了。这便是此则绕口令的魅力所在。老王结尾自揭谜底,指点迷津:"韵母不同声母同。"的确,关键字"梅""盟""明""皿"声母皆为"m",韵母稍有差异,在练习时重点放在区分韵母上即可。"in""ing"相比,前者是前鼻音,后者是后鼻音;"ing""eng"相较,韵母开头字母发音部位不同,发音时气体分别从口腔和鼻腔出。更巧的是,"皿"和"明"又是"盟"拆字而来,细细品味,匠心独具,顿觉十分好玩。

楚富忘了祖父嘱咐

楚富是邮储储户,

祖父也是邮储储户。

祖父嘱咐楚富,

去邮储时告诉祖父。

楚富忘了祖父的嘱咐,

到邮储才想起祖父的嘱咐。

(2010年7月6日写)

【掩卷沉思】

很多时候,我们从声母或韵母的名称上就能看出其区别来。如此令中"户(hù)""父(fù)"的声母名称分别是舌根音"h"和唇齿音"f",名称标示了两者的发音部位。再如"嘱(zhǔ)""祖(zǔ)"的声母名称分别是翘舌音"zh"和平舌音"z",揭示其发音方法不同。可见,牢记声母或韵母的名称,亦可以对难辨字音作出区分。

这则绕口令除却辨正声母舌根音"h"和唇齿音"f"外,还对"嘱(zhǔ)""祖(zǔ)"进行了辨正。

此令虽短,但故事完整,且小有波澜。快读不易,可用于锻炼"唇齿音"。

乡村小道
xiāng cūn xiǎo dào

乡亲们漫步在香椿掩映的乡村小道,
xiāng qīn men màn bù zài xiāngchūn yǎn yìng de xiāng cūn xiǎo dào

哼唱着香醇的乡村小调。
hēngchàng zhe xiāngchún de xiāng cūn xiǎo diào

香椿下香醇的乡村小调,
xiāngchūn xià xiāngchún de xiāng cūn xiǎo diào

香醇了乡亲们漫步的乡村小道。
xiāngchún le xiāng qīn men màn bù de xiāng cūn xiǎo dào

相亲小调

乡亲们漫步在乡村的香椿小道,

香椿小道飘出了香醇的相亲小调。

乡亲们香醇的相亲小调,

香醇了乡村的香椿小道。

(2010年7月9日写)

【掩卷沉思】

"椿(chūn)"的声母"ch"是翘舌音,而"村(cūn)"的声母"c"则是平舌音。

"调(diào)"的韵母"iao"发音时有扁嘴动作,由"i"过渡到"ao";而"道(dào)"的韵母"ao"发音时则嘴微张,并逐渐拢圆。

好一幅温馨动人的画面。采用互文手法,前后两则互相映照,互相补充。香椿、小调、小道,这些物象共同营造出一种温馨、和美的境界,尽显乡村的纯朴与悠闲,如一盏暗夜里的小橘灯,给人以温暖。

护士讲故事

李护士给吕护士讲故事,
吕护士边听故事边吃富士。
吕护士请李护士吃富士,
李护士说讲完故事再吃富士。
李护士讲完了故事,
吕护士吃光了富士。
吕护士给李护士讲故事,
李护士说你先讲你的故事,
我去买我的富士,
不吃富士没法听故事。
吕护士给李护士讲的故事,
是女护士和女护士的故事。

(2010年7月11日写)

【掩卷沉思】

"李""吕"反复出现,其区别无非是声母不同。

至于"故事"和"富士",则对"g"和"f"进行辨正。"f"已多次提及,它是唇齿音,靠上齿和下唇形成阻碍发音;而"g"则是舌根音,由舌面后部与硬腭后部形成阻碍发音,不送气。

"富士",苹果的一个品种,以日本培育者藤崎町(Fujisaki)的名字命名,但经常被认为与富士山有关。

此令采用循环式叙事结构,与"从前有座山,山上有个庙,庙里有个和尚在讲故事"极其类似,两个女护士讲故事,讲的又是"女护士和女护士的故事",具有循环往复之美。

pīngpāng qiú zhī jiā
乒乓球之家

péngpīngpāng　féngpāngpīng
彭乒乓,冯乓乒,

péngféng de nǚ ér jiào péngbīng
彭冯的女儿叫彭兵。

péngbīng de dì di jiào péngpāng
彭兵的弟弟叫彭乓,

péngbīng de gē ge jiào péngpīng
彭兵的哥哥叫彭乒。

pīngpīngpāng　pāngpāngpīng
乒乒乓,乓乓乒,

yì jiā wǔ kǒu pīngpāngpīng
一家五口乒乓乒。

dān dǎ shuāng dǎ hùn hé dǎ
单打双打混合打,

pīngpāngpāngpīngpīngpāngpīng
乒乓乓乒乒乓乒。

(2010年8月20日写)

【掩卷沉思】

"兵""乒",字形相似,给分辨增加难度,其读音的区别在于声母不同。"b""p"都是双唇音,但"b"不送气,而"p"却送气。

韵母"ing"与"ang"打头的元音不同,开口的程度不同,"i"发音时口略展,"ing"口形变化不大;而"a"发音时口张大,口形由开到合,变化明显。

五口之家,四人挥拍上阵,还有做裁判的。乒乒乓乓,温馨无比;乒乓乒乓,其乐融融。为《咬文嚼字》杂志"咬文嚼字"的老王,一向与乒乓无缘,是精妙的汉字成就了这则精致的绕口令。

枝儿和珍儿

shū zhēn tóng zhuō sū zhī
舒珍同桌苏枝,

sū zhēn tóng zhuō shū zhī
苏珍同桌舒枝。

shū zhēn nì chēng shū zhēnr
舒珍昵称舒珍儿，

sū zhī nì chēng sū zhīr
苏枝昵称苏枝儿，

sū zhēn nì chēng sū zhēnr
苏珍昵称苏珍儿，

shū zhī nì chēng shū zhīr
舒枝昵称舒枝儿。

sū zhīr hū hǎn shū zhēnr
苏枝儿呼喊舒珍儿，

pǎo lái le sū zhēnr hé shū zhīr
跑来了苏珍儿和舒枝儿。

（2011年1月20日写）

【掩卷沉思】

"珍（zhēn）"韵尾为"－n"，儿化时则去掉"n"，添上"r"，读时在音节末尾加上卷舌的动作。"枝 zhī"韵母为元音"i"，儿化时去掉主要元音，在声母后直接加上"er"。儿化后，"枝"和"珍"同音了，正因为同音才产生了误会。

儿化，语义变化的魔法石。儿化，具有区别词义、区分词性的功能。以河北方言为例，"绳"粗，"绳儿"细，"勺"大，"勺儿"小……一有儿化音，意义变得亲切、俏皮。读儿化音的小窍门：在前一个字发音后直接加上卷舌动作，困难便迎刃而解。训练时，可由易到难，循序渐进，多加练习，可提高发音质量。

肘子和种子

老公姓邹，

老婆姓勾，

老婆把老公叫老邹，

听起来像老周；

老公把老婆叫老勾，

听起来像老公。

冬天，老勾让老公买肘子，

老公听错买来了种子。

春天，老邹种地找种子，

老勾说早把种子换成了肘子。

(2011年2月1日写)

lǎo gōng xìng zōu
老公姓邹,

lǎo pó xìng zhōu
老婆姓周,

dōng tiān　lǎo zhōu ràng lǎo zōu mǎi zhǒu zi
冬天,老周让老邹买肘子,

lǎo zōu gǎn jí mǎi lái le zhǒng zi
老邹赶集买来了种子。

lǎo zhōu jiàn le zhǒng zi sī niàn zhǒu zi
老周见了种子思念肘子,

lǎo zōu yǒu le zhǒng zi wàng le zhǒu zi
老邹有了种子忘了肘子。

chūn tiān　lǎo zōu zhòng dì zhǎo zhǒng zi
春天,老邹种地找种子,

lǎo zhōu shuō zhǒng zi zǎo jiù huàn chéng le zhǒu zi
老周说种子早就换成了肘子。

dōng tiān chī de zhǒu zi
冬天吃的肘子,

jiù shì zhǒng zi huàn de zhǒu zi
就是种子换的肘子。

(2011年10月27日改)

【掩卷沉思】

韵母"ong"和"ou",最大的区别在于,"ong"从圆唇元音"o"起音,舌根后缩,与软腭堵住气流,使其从鼻腔通过,发出"ng"音;而"ou"发音时,嘴巴由张开逐渐拢圆,气流从口腔通过而发声。

寅吃卯粮,难以补偿;贪图享乐,事事都黄。

新编绕口令（第2版）

老公把老婆叫老公

老婆把老公叫老公，
老公也把老婆叫老公。
老公为啥把老婆叫老公？
因为老婆姓勾芡的勾，
老公一喊"老勾老勾"，
别人听成了"老公老公"。
老勾还是老公的老勾，
老公还是老勾的老公。

（2011年2月2日写）

【掩卷沉思】

"ong"和"ou"的辨正见上一则《肘子和种子》。

一件小事，亦可荡开笔墨，成为一则绕口令。"老勾"被误听成"老公"，有点意思。

行百里者半九十

大嫂会说汕不会说潮,
把潮说成曹;
二嫂会说潮不会说汕,
把汕说成散。
三嫂教她们说潮汕,
一个绕口令说百遍:
爱吃潮汕菜就炒潮汕菜,
不吃潮汕菜别炒潮汕菜。
爱吃潮汕菜不炒潮汕菜,
吃不上潮汕菜;
不吃潮汕菜炒了潮汕菜,
糟践了潮汕菜。
大嫂说了一百遍,

bú zài bǎ cháo shuō chéng cáo
不再把潮说成曹；

èr sǎo zhǐ shuō jiǔ shí biàn
二嫂只说九十遍，

réng rán bǎ shàn shuō chéng sàn
仍然把汕说成散！

（2018年5月3日写）

【掩卷沉思】

　　读好此令的诀窍在于区分翘舌音和平舌音，"s""c"为平舌，"sh""ch"为翘舌，初慢后快，先咬准字音细辨区别，再加快速度对比体会。

　　这则绕口令巧就巧在，文体本身就是绕口令，却在绕口令中嵌套绕口令，用小故事印证了练习绕口令的效用。标题"行百里者半九十"画龙点睛，提醒我们莫要半途而废，口齿没练伶俐莫怪绕口令，要怪就怪自己没有持之以恒吧。

朱 六
zhū liù

zhū liù zhù zhú lóu
朱六住竹楼，

zhú lóu li yǒu zhú lǒu hé zhǐ lǒu
竹楼里有竹篓和纸篓。

zhū liù dài zhe cí gǒu shàng zhú lóu
朱六带着雌狗上竹楼，

雌狗碰倒了纸篓。

朱六撒开雌狗扶纸篓，

雌狗踢倒了竹篓。

朱六扶起竹篓，

雌狗踢倒了纸篓。

朱六扶起纸篓，

抓住正踢竹篓的雌狗。

把雌狗装进竹篓，

拎起竹篓下了竹楼。

朱六撂下竹篓不管雌狗，

独自上了竹楼。

踢倒了堵着酒橱的纸篓，

端起紫砂壶喝独酒。

(2011年6月5日写)

附：文友"一袋天椒"原稿

朱六的竹楼、竹篓、纸篓和紫狗

朱六住竹楼，

竹楼里有竹篓和纸篓。

朱六搂着紫狗上竹楼，

碰倒了竹篓和纸篓。

朱六扶竹篓怕碰到紫狗和纸篓。

紫狗踢纸篓。

【掩卷沉思】

"纸"和"竹"，韵母分别为不圆唇元音"i"和圆唇元音"u"。

"六"与"篓"，韵母分别是"iu""ou"，打头元音不同，读法详见《柳条篓》。

老王附此原稿，一示不掠人之美，二示加工改造之方。与原稿相比，此令情节与动作更加丰满。不单纯为绕而绕，颇具画面感与可读性，调皮的小狗、"倒霉"的朱六跃然纸上。此令难点在于"朱六""竹楼""竹篓"和"雌狗""纸篓"的区分，先慢后快，效果斐然。

两只袋鼠

妈妈网名期盼，

儿子诨名欺骗。

期盼期盼欺骗痛改欺骗，

欺骗欺骗期盼说欺骗痛悔欺骗。

欺骗瞒着期盼继续欺骗，

辜负了期盼对欺骗的期盼。

（2011年11月24日写）

【掩卷沉思】

"盼""骗"放在一起，读清不易，原因是其韵母有相似性。但"骗"的韵母"ian"比"盼"的韵母"an"多一个元音"i"，发音时嘴略展，嘴角用力。

以袋鼠命题，更显母亲育子之累。网瘾，已成为当今少年的一大顽疾。每一个妈妈都期盼着孩子能健康成长，远离"网瘾"。老王、小赵期盼绕口令中的"欺骗"不再欺骗，早日归来吧。

俩门卫

南门俩门卫，

文门卫和门门卫。

文门卫的妹妹是门门卫的老婆，

门门卫的老婆是文门卫的妹妹。

文门卫有事儿，

门门卫替文门卫；

门门卫有事儿，

文门卫替门门卫。

不是文门卫托妹妹求门门卫替文门卫，

就是门门卫托老婆求文门卫替门门卫。

文门卫惹烦了门门卫的老婆，

门门卫惹翻了文门卫的妹妹。

既不替门门卫求文门卫，

yě bú tì wén mén wèi qiú mén mén wèi
也不替文门卫求门门卫。

zài yǒu shìr
再有事儿——

wén mén wèi wèn mén mén wèi
文门卫问门门卫,

mén mén wèi wèn wén mén wèi
门门卫问文门卫。

(2011年11月25日写)

【掩卷沉思】

　　这则绕口令中有个特殊现象,在"卫"的读音中,"uei"是合口呼零声母,拼写为"wei",口形由圆唇变为不圆唇。而"门(mén)"的韵母"en"则是带舌尖鼻尾音韵母,发音时舌尖抵住下齿背,口形由开到闭,归音时舌尖抵住上齿龈,气流从鼻腔流出。

　　开场,人物登场,在交代人物关系时故意说了一句废话,深得绕口令创作之妙。文门卫是门门卫的大舅子,谈及两人之间的"事儿",不直接说,故意把关系扯远绕着说,让"老婆"("妹妹")左右为难,最后她抽身事外,让这俩门卫自己解决,互掐去呗。

　　有一句话绕口令:"门卫问门卫",已够令人头晕,这一则有过之而无不及,绕上加绕,倒有几分趣味。不信啊,您试试。

龙凤三胞胎绕口令

孪生女

一对孪生女,
父母都姓双。
姐姐双双又,
妹妹双又双。
双又双常把双又双写成双双又,
双双又常把双双又写成双又双。
双又双的卷子写成了双双又,
双双又的卷子写成了双又双。
老师错罚了双双又,
父母错奖了双又双。

孪生子娶孪生女

爸姓商,妈姓桑,

孪生儿子有一双。

哥哥叫商桑,

弟弟叫桑商。

商桑娶了双双又,

桑商娶了双又双。

商桑常把双又双当成双双又,

桑商常把双双又当成双又双。

孪生姐妹

爸姓商,妈姓桑,

孪生女儿有一双。

姐姐叫商桑桑,

妹妹叫桑商商。

爸对着桑商商叫商桑桑，

妈对着商桑桑叫桑商商。

（2011年11月27日写）

【掩卷沉思】

韵母"uang""ang"的辨正，详见《阳光和阳刚》。

声母"sh"是翘舌音，舌尖翘起与硬腭前端接近，气流从间隙摩擦通过发音；而"s"则是平舌音，舌尖接近上齿背，气流摩擦通过发音。

初读这三则绕口令，忽然想起《西游记》中小妖的名字，豹头山虎口洞里两个小妖分别叫：刁钻古怪、古怪刁钻；乱石山碧波潭万圣龙王手下两个小妖叫：奔波儿灞，灞波儿奔。绕口令中，不管是"双双又""双又双"，还是"商桑""桑商"，都与小妖的命名有异曲同工之妙，增了几分情趣。这三则绕口令还是一道考题，考考您：这些人物究竟是什么关系？

山东臆造银

岳母说：

"俺姑爷是山东臆造银。"

听傻了俗人和雅人。

外孙说：

"我们是山东日照人，

不是山东臆造银。

日照是日照，

臆造是臆造。

日照不是臆造，

臆造不是日照。

人不是银，

银不是人。"

外婆说：

"我会了，我会了，

人不是银，

银不是人。"

她心里想的是山东日照人，

shuō chū lái hái shi shāndōng yì zào yín
说出来还是山东臆造银。
fù qīn shuō
父亲说：
ér zi tīng huà yòng ěr gèng yào yòng xīn
"儿子，听话用耳更要用心。
nǐ lǎo lao zhǎ shuō zán dōu dǒng
你姥姥咋说咱都懂，
yín yě shì rén rén yě shì rén
银也是人，人也是人。
tā zuì téng ài nǐ hé wǒ
她最疼爱你和我——
liǎng gè shāndōng rì zhào yín
两个山东日照银。"

（2018年6月7日写）

【掩卷沉思】

　　此令对"z""zh 和""y""r"进行辨正。前一组辨正翘舌音"zh"和平舌音"z"，发音时暗暗体会翘舌与平舌之分可事半功倍，书中多处出提及，不再赘述。至于后一组，发"y"音时，舌尖抵住下齿和牙龈交接汇处，嘴唇与牙齿微张，舌头稍用力，"拱起身来"，让气息从舌头中部发出；发"r"音时，嘴唇微张，牙齿咬合，舌尖抬起与上颚形成缝隙，发音时气息从缝隙中发出即可。

　　小赵读罢此令，瞬间想起当年有一首脍炙人口的歌，其中唱道："俺们那嘎达都是东北银。"歌曲故意将"人"读作"银"，写出了生活，俏皮生动，令人捧腹。此令亦是如此，以真事入令，一个"顽皮"可爱的老太太的形象跃然纸上。与此同时，令中蕴藏哲思——在社会交往中，很多时候，对错并不重要，隐藏在"对与错"表象之下的情绪，才更为真实。"听话用耳更要用心"，你说对吗？

动物乐园

狐狸教子
小狮子捉弄老狮子
两只蜘蛛
蚕·蝉·船
黑驴与灰驴
驴驮鱼
马驮瓦
树上有根藤
四只小兔
劳劳不学条条
花兔子
蝗虫戏黄琮
瘦猴抓绣球

狐狸教子

陷阱不叫陷儿阱,
馅儿饼不叫馅饼。
陷阱上面有个馅儿饼,
馅儿饼下面有个陷阱。
懦夫眼里只有陷阱,
莽汉心中只有馅儿饼。
不要害怕陷阱放弃馅儿饼,
也不要眼馋馅儿饼掉进陷阱。
既要小心陷阱,
又要吃到馅儿饼。

(2009年9月30日写)

【掩卷沉思】

儿化音,在"馅"的读音后加上卷舌动作即可,颇显几分俏皮。

狐狸乃智者化身,在错综复杂的问题面前,颇有辩证的头脑。它知道:"机遇与风险同在,懦固非宜,莽亦难成。"如此说来,狐狸教的不只是小狐狸,恐怕还有你和我吧。作者顺便传递了一个语音学知识,即该儿化要儿化,不该儿化不可儿化。

小狮子捉弄老狮子

老狮子招了大虱子,
支使小狮子捉虱子。
小狮子不乐意给老狮子捉虱子,
说正忙着自己捉虱子。
老狮子呵斥小狮子:
"给我捉虱子是公事,
给自己捉虱子是私事,
你竟敢私自做私事!"
小狮子故意捉弄老狮子,

伶牙俐齿前致辞：

"老太师,老太师,

小的岂敢私自做私事?

我的虱子嫌我瘦,

正密谋偷渡到贵体当虱子。

您且忍耐四小时,

我再为太师捉虱子!"

老狮子忍着大虱子瞪着小狮子,

小狮子当着老狮子假装捉虱子。

（2005年6月1日写,2010年5月26日改）

【掩卷沉思】

"狮"与"私"的读音是此令绕口所在,其根本区别在于两者声母不同,"狮"的声母是翘舌音"sh",而"私"的声母却是平舌音"s"。

这则寓言式绕口令颇具讽刺意味,着实把某些人"捉弄"了一番,又引人深思:老者以权谋私,小者假公济私,老者固然私,小者何尝不滑?

以绕口令来"讽刺",颇有意味。

两只蜘蛛

一只蜘蛛网名疏忽,

一只蜘蛛笔名舒服。

舒服是疏忽的侄子,

疏忽是舒服的叔父。

侄子舒服不佩服叔父疏忽,

叔父疏忽不佩服侄子舒服。

叔父疏忽嘱咐侄子舒服,

别做贪图舒服的知足的蜘蛛;

侄子舒服提醒叔父疏忽,

别做马虎疏忽的失足的蜘蛛。

(2005年4月3日写,2010年5月26日改)

【掩卷沉思】

关于舌根音"h"与唇齿音"f"的声调辨正已多有提及,容不赘述。

这则绕口令中多次涉及单韵母"u",发音时,口形拢圆,舌头后缩,气流摩擦发音。

网络时代,全民写作,连蜘蛛也有了"网名"和"笔名"。老王采用寓言手法,提醒人们警惕"舒服"、小心"疏忽"——应当"锐意进取""谨慎认真",含义深刻,观点辩证。如此一来,绕口令便打上了时代烙印,融入时尚元素,新颖好玩,别具一格。

蚕·蝉·船

也没艄公也没帆,

半个椰壳一只船。

左船舷爬上一只蚕,

右船舷飞来一只蝉。

蚕嫌蝉,蝉嫌蚕,

蝉撵蚕,蚕撵蝉。

蚕说船归蚕,

蝉说船归蝉。

cán chán zhēng chuán chuán xián fán
蚕蝉争船船嫌烦，
hǎo yán quàn cán yòu quàn chán
好言劝蚕又劝蝉：
cán yǒu yuán chán yǒu yuán
蚕有缘，蝉有缘，
xiǎo chuán yǒu yuán dù cán chán
小船有缘渡蚕蝉。
chù dòu mán zhēng wō jiǎo dì
触斗蛮争蜗角地，
gū fù shì shang yí duàn yuán
辜负世上一段缘。
cán shǎng chán chán shǎng cán
蚕赏蝉，蝉赏蚕，
qíng rén yǎn li chū diāo chán
情人眼里出貂蝉！

（2007年3月3日写，2010年5月27日改）

【掩卷沉思】

"蚕"与"蝉"，声母不同，前者是平舌音"c"，后者是翘舌音"ch"，请详细品读，加以区分。"缘"与"蚕"的韵母"uan"与"an"相比，打头的元音不同，则发音有别，一个是圆唇元音"u"，一个是不圆唇元音"a"。

此令如一则童话，讲述蚕与蝉由争抢到结缘的故事，荒谬中透出哲理——争则为敌，赏则为友；争则无益，赏则结缘。恰如著名作家三毛所说，"两个人走在大街上，能碰一下衣袖，就已经是有缘了"。

又,"触斗蛮争"典出《庄子·则阳》,蜗牛左角为触氏,右角为蛮氏,两国经常为争地而战,比喻因微小私利而相争。

黑驴与灰驴

黑驴肚皮发灰,

灰驴脊背发黑。

黑驴比灰驴瘦,

灰驴比黑驴肥。

俩驴雪天驮煤,

难辨肥瘦灰黑。

(2007年1月12日写,2010年5月27日改)

【掩卷沉思】

"灰(huī)"和"黑(hēi)",韵母有别,"ui"和"ei"打头的元音不同,"ui"发音时,唇形由拢圆变为延展;而"ei"的起点元音是不圆唇元音"e",发音时,舌尖轻抵下齿背,舌面前部隆起与硬腭靠近,舌位升高。牢记两者最大区别在于,"ui"有圆唇动作,而"ei"则无。细加体会,多读几遍即可分别。

黑驴与灰驴互相比较,是为"比比令"。节奏明快,短小有趣。

驴驮鱼

两篓鲷鱼,两篓刀鱼,
一头灰驴,一头黑驴。
灰驴驮上了鲷鱼,
黑驴驮上了刀鱼。
黑驴追不上灰驴,
灰驴前头儿等着黑驴。
黑驴说刀鱼重于鲷鱼,
灰驴说鲷鱼重于刀鱼。
灰驴卸了鲷鱼驮刀鱼,
黑驴卸了刀鱼驮鲷鱼。

tuó diāo yú de hēi lú
驮鲷鱼的黑驴，

gèng zhuī bu shàng tuó dāo yú de huī lú
更追不上驮刀鱼的灰驴。

hēi lú tǐ lì bù jí huī lú
黑驴体力不及灰驴，

bú shì dāo yú zhòng yú diāo yú
不是刀鱼重于鲷鱼。

yú zāi hēi lú
愚哉，黑驴，

yú bù kě jí
愚不可及！

（2007年1月12日写，2010年5月27日改）

【掩卷沉思】

韵母"ui""ei"的辨正详见上一则《黑驴与灰驴》。

"驴"和"鱼"的区别在于声母，"驴"的声母是边音"l"，而"鱼"却是零声母，"ü"上两点省略，前面加上"y"。

黑驴不寻找自己的问题，反怪"刀鱼重于鲷鱼"。看来，它该去美国西点军校进修了，因为该校行为准则是"没有任何借口"。这则绕口令告诉我们，遇到事情要反躬自省，而不是寻找借口，只有如此，才能做事迅速，进步飞快。

马驮瓦
mǎ tuó wǎ

黑马灰马黑灰马，
hēi mǎ huī mǎ hēi huī mǎ

灰瓦黑瓦灰黑瓦。
huī wǎ hēi wǎ huī hēi wǎ

黑马驮灰瓦，
hēi mǎ tuó huī wǎ

灰马驮黑瓦，
huī mǎ tuó hēi wǎ

黑灰马驮灰黑瓦。
hēi huī mǎ tuó huī hēi wǎ

黑灰马不如灰黑瓦灰，
hēi huī mǎ bù rú huī hēi wǎ huī

灰黑瓦不如黑灰马黑。
huī hēi wǎ bù rú hēi huī mǎ hēi

(2007年5月14日写)

【掩卷沉思】

　　"瓦(wǎ)"的读音本是"uā"，发音时，由圆唇到口张开；而"马(mǎ)"发音时，则由双唇音"m"打头，自然过渡到"a"。明确两者唇形变化，可将其区别开来。

　　读此绕口令，想起难度不小的《化肥会挥发》，两者有一拼。特录如下，以作比较：

　　黑化肥发灰会挥发，灰化肥挥发会发黑。

树上有根藤

树上有根藤,
藤下有个棚,
棚里有个盆,
盆里有个瓶,
瓶里有个虫。

虫不碰瓶,
瓶不碰盆,
盆不碰棚,
棚不碰藤。

虫碰了瓶,
瓶碰了盆,
盆碰了棚,

péngpèng le téng
棚碰了藤。

（2004年写）

【掩卷沉思】

"en""eng"向来是辨正字音的难点。

"en"是前鼻音韵母，而"eng"却是后鼻音韵母。发音时，"en"是舌面前部隆起，而"eng"却有一个舌身后缩的过程，并且是舌根隆起。

此令采用顶真手法，一气呵成，前半部分交代场景，后半部分分设两种情况——"虫不碰瓶"和"虫碰了瓶"，与前半部分交相辉映，形成回环缠绵之美；越往后越难读，"碰""棚""盆"巧妙排列，极易混淆，产生风趣幽默的艺术效果。

sì zhī xiǎo tù
四只小兔

tóngtong hé téngteng tónglóng
童童和藤藤同笼，
tíng ting hé cóngcong tónglóng
亭亭和丛丛同笼。
tóngtong hé tíng ting tóng líng
童童和亭亭同龄，
téngteng hé cóngcong tóng líng
藤藤和丛丛同龄。

tóng lóng de　bù tóng líng
同笼的不同龄，

tóng líng de　bù tóng lóng
同龄的不同笼。

（2008年8月27日写）

【掩卷沉思】

　　"童""笼"韵母都是"ong"，"亭""龄"韵母皆为"ing"，两者都是后鼻音韵母，但起始唇形不一样，"ong"由圆唇元音"o"开始，唇形始终拢圆；而"ing"却由不圆唇元音"i"开始，口形没有明显变化。

　　以小兔子入令，颇具童趣，绕口又绕脑。绕口，"藤""童"等字韵母相近；绕脑，谁与谁同龄，少不了思量思量。

láo lao bù xué tiáo tiao
劳劳不学条条

bān mǎ tiáo tiao　xiǎo hóu táo tao
斑马条条，小猴淘淘，

yīng wǔ liáo liao　lǎo niú láo lao
鹦鹉聊聊，老牛劳劳。

táo tao yào qí tiáo tiao
淘淘要骑条条，

tiáo tiao yào tī táo tao
条条要踢淘淘。

táo tao shuō　tiáo tiao　tiáo tiao
淘淘说："条条，条条，

wǒ gěi nǐ náo nao
我给你挠挠。"

liáo liao shuō　láo lao qiáoqiao
聊聊说:"劳劳,瞧瞧,

táo tao zhèng náo tiáo tiao
淘淘正挠条条。"

láo lao shuō　liáo liao qiáoqiao
劳劳说:"聊聊,瞧瞧,

táo tao zhèng qí tiáo tiao
淘淘正骑条条。"

táo tao shuō　liáo liao　liáo liao
淘淘说:"聊聊,聊聊,

nǐ hé láo lao liáo liao
你和劳劳聊聊,

jiù kě yǐ qí láo lao
就可以骑劳劳。"

láo lao shuō　wǒ kě bù xué tiáo tiao
劳劳说:"我可不学条条,

tān tú náo nao tuó shàng táo tao
贪图挠挠驮上淘淘;

liáo liao kě yǐ liáo liao
聊聊可以聊聊,

xiū xiǎng qí shàng láo lao
休想骑上劳劳!"

　　　　　　　　(2010年6月2日写)

【掩卷沉思】

　　此令涉及韵母"iao"与"ao"的辨正,发音时口形变化不一:"iao"嘴略扁,过渡到"ao"音;而"ao"则嘴微张,逐渐圆唇。

可以将此令看作一篇动物寓言,斑马贪图享受的结果是驮上了小猴,这正是"天下没有免费的午餐"。

此令创作手法上的特色:一是巧换概念,"聊聊"一会儿是本意"聊天",一会儿是鹦鹉的名字"聊聊",意义上故意混淆,收到"绕"的效果;二是用对话推动情节,通过鹦鹉和老牛的对话,写小猴挠斑马、斑马驮小猴的过程。

另外,所起名字与动物特点相得益彰。

花兔子

白兔子穿花裤子,

人们叫它花兔子。

花兔子给兔子发裤子:

给灰兔子发黑裤子,

给黑兔子发灰裤子。

灰兔子要拿黑裤子

换黑兔子的灰裤子,

hēi tù zi yào ná huī kù zi
黑兔子要拿灰裤子

huàn huī tù zi de hēi kù zi
换灰兔子的黑裤子。

huā tù zi shuō fú huī tù zi hé hēi tù zi
花兔子说服灰兔子和黑兔子：

huī tù zi chuān huī kù zi
"灰兔子穿灰裤子，

hēi tù zi chuān hēi kù zi
黑兔子穿黑裤子，

bái tù zi chuān bái kù zi
白兔子穿白裤子，

yuǎn kàn hǎo xiàng méi kù zi
远看好像没裤子，

suǒ yǐ wǒ chuān huā kù zi
所以我穿花裤子！"

huī tù zi　hēi tù zi
灰兔子，黑兔子，

shí fēn pèi fú huā tù zi
十分佩服花兔子。

huī tù zi chuānshàng le hēi kù zi
灰兔子穿上了黑裤子，

hēi tù zi chuānshàng le huī kù zi
黑兔子穿上了灰裤子。

(2010年6月10日写)

【掩卷沉思】

　　"灰"和"黑"，韵母分别为"ui"和"ei"。前者发音时，由圆唇变为不圆唇，而后者则始终不圆唇，舌位从发"e"

音时开始升高,并停留在"i"上。

"锣不敲不响,理不说不透",花兔子现身说法,轻松说服灰兔子和黑兔子。本令采用拟人手法,明写兔实写人,讲的是服装色彩搭配问题。

蝗虫戏黄琮

皇城里有个黄琮,

皇城外有只蝗虫。

黄琮出城捉蝗虫,

蝗虫草丛戏黄琮。

黄琮行,蝗虫行,

黄琮停,蝗虫停,

黄琮静,蝗虫静,

黄琮动,蝗虫动,

黄琮纵,蝗虫纵,

黄琮蹦,蝗虫蹦。

<pre>
huáng cóng dōng xī nán běi zhuō
黄 琮 东 西 南 北 捉，
huáng chóng qián hòu zuǒ yòu bèng
蝗 虫 前 后 左 右 蹦。
huáng chóng shè jì xì huáng cóng
蝗 虫 设 计 戏 黄 琮，
huáng cóng wú chù mì huáng chóng
黄 琮 无 处 觅 蝗 虫。
huáng cóng wú nài jìn huáng chéng
黄 琮 无 奈 进 皇 城，
hòu bèi tuó gè dà huáng chóng
后 背 驮 个 大 蝗 虫。
</pre>

（2016年2月4日写）

【掩卷沉思】

要想读准"琮""虫"，需辨正平舌音"c"与翘舌音"ch"。此令堪称绕口令中的"小小说"，精彩在于情节设计，主线是黄琮捉蝗虫，充分利用"行、停、静、动、纵、蹦"等汉字的含义，让捉蝗虫这一过程变得紧张、饱满，有张力。结尾颇有些欧·亨利小说的意味，黄琮想捉蝗虫捉不住，无奈放弃时蝗虫却出现在后背上，喜剧效果顿显。正音难度降低，情节曲折有趣，读来十分好玩。

瘦猴抓绣球

绣楼上一只绣球,

绣楼下一只瘦猴。

瘦猴爬上绣楼抓绣球,

绣楼上的绣球飞下了绣楼。

绣楼上的瘦猴跳下了绣楼,

绣楼下的绣球飞上了绣楼。

绣楼上的秀柔操纵着绣球,

捉弄着抓绣球的瘦猴。

疲惫的瘦猴抓不到绣球,

乐坏了绣楼上的秀柔。

(2010年8月9日写)

【掩卷沉思】

"绣""球",韵母为"iu","瘦""猴""楼"韵母为"ou"。此令涉及这两个韵母的辨正。两个韵母发音时,唇形变化不一:"iu"发音时,唇形有个由扁嘴向圆唇变化的过程,而"ou"发音时,始终圆唇,但开口度由大变小。

绣球,中国民间常见的吉祥物。秀柔操纵绣球,逗瘦猴取乐;猴子天性灵敏,却败在了疯丫头手下……

景与物

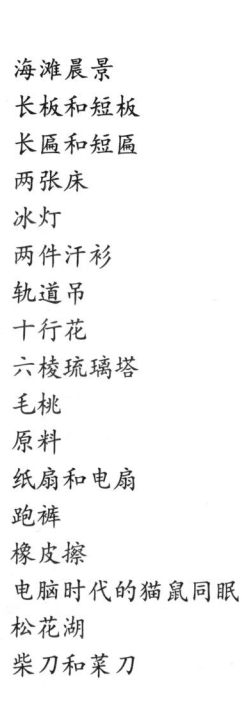

海滩晨景

长板和短板

长匾和短匾

两张床

冰灯

两件汗衫

轨道吊

十行花

六棱琉璃塔

毛桃

原料

纸扇和电扇

跑裤

橡皮擦

电脑时代的猫鼠同眠

松花湖

柴刀和菜刀

海滩晨景

zhāo xiá hóng biàn bàn biān tiān
朝霞红遍半边天，

cháo shuǐ màn shàng bàn miàn tān
潮水漫上半面滩。

bàn miàn tān dào yìng bàn biān tiān
半面滩倒映半边天，

bàn biān tiān yìng hóng bàn miàn tān
半边天映红半面滩。

(2007年4月21日写)

【掩卷沉思】

读"天""面"时，一定不要忘记，"tiān""miàn"的韵母中有个"i"。发音过程虽短，但发"i"音的口形却必不可少，这是区别韵母"ian"与"an"的不二法门。

仅三十个字，却描绘出一幅"海滩晨景"，如电影中的特写镜头，"朝霞""潮水""天空""海滩"互相映衬，意境优美，令人向往；犹如一幅别致的风景画，"潮水"动，"朝霞"静，动中有静，静中有动。虽短小，但仍不失其绕口令特色，用于锻炼双唇音"b""m"，飞快读之，也是不易。

长板和短板
<small>cháng bǎn hé duǎn bǎn</small>

<small>cháng bǎn bǐ duǎn bǎn cháng bàn bǎn</small>
长板比短板长半板,

<small>duǎn bǎn bǐ cháng bǎn duǎn bàn bǎn</small>
短板比长板短半板。

<small>cháng bǎn zuò chángbiān</small>
长板做长匾,

<small>duǎn bǎn zuò duǎnbiān</small>
短板做短匾。

<small>chángbiān bǐ duǎnbiān cháng bàn biān</small>
长匾比短匾长半匾,

<small>duǎnbiān bǐ chángbiān duǎn bàn biān</small>
短匾比长匾短半匾。

(2010年5月24日写)

【掩卷沉思】

"板""短""匾"三个韵母分别为"an""uan""ian"。"uan""ian"都比"an"多一个元音。"uan""ian"发音方法不同:前者有个圆唇的动作,发出"u"音,而后者则是"扁嘴"的动作,发出"i"音。

"比较"是绕口令创作中的传统方式,常用比大小、比长短、比高低、比粗细、比好坏、比黑白等手法来表现。《长板和短板》沿用此法,比较"板"和"匾"之长短。"长板比短板长半板"足矣,又来一句"短板比长板短半板",

意思一样，岂非"捣乱"？非也，非也。一个意思绕着说，考智商，练口齿，这正是绕口令的特点，正所谓"绕你没商量"。

长匾和短匾

长板比短板长半板，
短板比长板短半板。
可以截断长板做短匾，
拼接短板做长匾。
何必截长板做短匾，
拼接短板做长匾？
还是长板做长匾，
短板做短匾。
正好长匾比短匾长半匾，
短匾比长匾短半匾。

（2010年5月24日写）

【掩卷沉思】

老王写完《长板和短板》，意犹未尽，又写此则。一个土豆，切丝炒、切片炒味道不同。为文贵简，绕口令贵绕，适度的废话，也是好作料。

两张床
liǎng zhāng chuáng

南典当行有张东洋楠木床，
nán diǎn dàng háng yǒu zhāng dōng yáng nán mù chuáng

北典当行有张西洋弹簧床。
běi diǎn dàng háng yǒu zhāng xī yáng tán huáng chuáng

东洋楠木床比西洋弹簧床宽，
dōng yáng nán mù chuáng bǐ xī yáng tán huáng chuáng kuān

西洋弹簧床比东洋楠木床长。
xī yáng tán huáng chuáng bǐ dōng yáng nán mù chuáng cháng

（2005年写）

【掩卷沉思】

"典""楠"的韵母为"ian""an"，"行""簧""床"的韵母为"ang""uang"。其主要区别在于，"an"中的元音是前低元音，而"ang"中的元音是后低元音。

西洋人高，床长，工业发达，用弹簧；东洋人矮，用楠木床，宽大、舒适、豪华。绕口令不是随便说长道短，多少有所凭依。

老王用比较手法创作此令，短小精悍，用词到位。

冰 灯

甲乙丙,乙丙丁,
甲乙丙丁做冰灯。
甲帮乙,丙帮丁,
甲乙做完帮丙丁。
甲的冰灯,
乙的冰灯,
丙的冰灯,
丁的冰灯,
甲乙的冰灯,
丙丁的冰灯……
冰城的冰灯,
天上的明星,
分不清更数不清。

(2006年10月27日写)

【掩卷沉思】

"冰"与"灯",声母为"b"与"d",两者发音部位不同,"b"是双唇音,积蓄气流,猛然冲破双唇防线,发出不送气爆破音"b";"d"则是舌尖中阻音,发音时,舌尖与上齿龈联手防御,却不敌强大气流,舌尖被弹开,发出不送气清塞音"d"。

"丁"与"灯",韵母为"ing"与"eng",发音方法不同,打头元音"i"发音时嘴略扁平,而元音"e"发音时,嘴微张即可。

"丙、冰、灯、星"字音相同或相近,声母"b""d"交错,韵母"ing""eng"辉映,飞快读之,如听"叮叮叮",声音清脆,朗朗上口。结尾升华,将"冰灯"比作"明星",意境顿出,颇具美感。

两件汗衫

liǎng jiàn hàn shān

yí jiàn chún lán mián hàn shān
一件纯蓝棉汗衫,

yí jiàn chún mián lán hàn shān
一件纯棉蓝汗衫。

chún lán mián hàn shān chún lán bù chún mián
纯蓝棉汗衫纯蓝不纯棉,

chún mián lán hàn shān chún mián bù chún lán
纯棉蓝汗衫纯棉不纯蓝。

xiǎo lián xī hǎn chún lán mián hàn shān
小莲稀罕纯蓝棉汗衫，
xiǎo lán xǐ huan chún mián lán hàn shān
小兰喜欢纯棉蓝汗衫。

（2007年6月2日写，2010年5月28日改）

【掩卷沉思】

"蓝""棉"的声母分别为"l""m"，"l"是边音，气流从舌头与两颊内侧形成的空隙通过而成声；而"m"是双唇音，气流在口腔的双唇内侧受到阻碍从鼻腔透出成声。可慢读"lán""mián"体会几遍，再读此令。

衬衫，日常之物，为读者熟识，以此入令，倍添生活气息。

绕口令虽短，"棉""蓝"在词语中位置不断变化，交叉、汇合，快读亦为不易。

小莲、小兰喜欢不同衬衫，一重颜色，一重质地，也应了一句俗话："萝卜青菜，各有所爱。"

guǐ dào diào
轨道吊

dà guǐ dào diào yào diào xiǎo guǐ dào diào
大轨道吊要吊小轨道吊，
xiǎo guǐ dào diào bú ràng dà guǐ dào diào diào
小轨道吊不让大轨道吊吊。
dà guǐ dào diào fēi yào diào xiǎo guǐ dào diào
大轨道吊非要吊小轨道吊，

xiǎo guǐ dào diào dào liǎor　　bèi dà guǐ dào diào diào
小轨道吊到了儿被大轨道吊吊。

（2017年12月12日写）

【掩卷沉思】

2017年12月10日，老王在看中央电视台《新闻联播》，忽然听到"轨道吊"这一新词，灵光一闪，马上创作了这则绕口令。此则绕口令利用"吊"的名词和动词属性，收到"绕口"效果。

练习绕口令，不可能一蹴而就，因为说话咬字清晰、音节饱满有力不是天生的。如果你决心改变，并有兴趣、有动力、有方法去持续刻意练习，那么通过绕口令训练口齿，将收到事半功倍的效果。

shí háng huā
十行花

wǔ zònghánɡ　　wǔ hénghánɡ
五纵行，五横行，

zònghéng jiāo zhī huā shí háng
纵横交织花十行。

hénghánghuáng jiàn hóng
横行黄间红，

zònghánghóng jiàn huáng
纵行红间黄。

zònghánghónghuánghónghuánghóng
纵行红黄红黄红，

héng háng huáng hóng huáng hóng huáng
横行黄红黄红黄。

（2004年写，2010年改）

【掩卷沉思】

此令选取音近字"横""黄""行"，对韵母"eng""uang""ang"进行辨正。对付这些复合韵母，我们有一个绝招，抓住其打头的字母进行辨析，问题则迎刃而解。对"ang"和"eng"而言，发音时，前者舌位处于低元音 a 位，后者舌位则处于央元音 e 位。至于"uang"，发音稍微复杂一点，需双唇拢圆，从高元音"u"向低元音"a"方向落下。当然，最后都发出"ng"音。

《十行花》句式有长有短，节奏感强；颜色有红有黄，色彩鲜明。

liù léng liú li tǎ
六棱琉璃塔

liù léng liú li tǎ
六棱琉璃塔，

jiǔ céng tǎ líng lóng
九层塔玲珑。

léng léng tóng líng guà
棱棱铜铃挂，

céng céng guà tóng líng
层层挂铜铃。

yì léng yì tóng líng
一棱一铜铃，

yì céng liù tóng líng
一层六铜铃。

liù léng tǎ lǐ miàn
六棱塔里面，

jiǔ gè liú li píng
九个琉璃瓶。

měi gè liú li píng
每个琉璃瓶，

gè chéng liù tóng líng
各盛六铜铃。

（2010年6月10日写）

【掩卷沉思】

这则绕口令绕就绕在"棱""玲"的韵母"eng"与"ing"上，这两者都属于后鼻音韵母，但发音方法不同。"léng"发音时，由边音"l"过渡到"e"时，舌尖弹开，舌面平贴口腔下部，然后舌根后缩升高与软腭接触；而"líng"发音时，由"l"过渡到"i"，舌尖弹开，舌根升高与软腭接触。

这则绕口令每句字数相等，节奏明快，读来朗朗上口。其中暗藏一道数学题，每句都设定条件，问您共有多少铜铃。若有兴趣，不妨一试。

毛桃

桌上有个勺,

勺边有个瓢,

瓢里有个桃,

瓢外贴个条:

"吃毛桃,擦桃毛,

不吃毛桃不擦桃毛。

擦了桃毛吃毛桃,

苗条的你更苗条。"

署名:

请你瞧的纸条,

邀你来的小勺,

盼你来的小瓢,

等你擦的桃毛,

děng nǐ chī de máo táo
等你吃的毛桃，
děng nǐ zāi de táo miáo
等你栽的桃苗，
děng nǐ chuān de qí páo
等你穿的旗袍……

（2010年6月12日写）

【掩卷沉思】

关于"iao"比"ao"发音时多一个扁嘴的动作，前文多有涉及，就不啰唆了。且了解一下声母"p"与"t"的发音要领："p"发音时，集中力量于双唇，一股气流忽然冲出，打开双唇，发出双唇送气爆破音"p"；"t"发音时，舌尖与上齿龈联手，堵住气流去路，气流强大，弹开舌尖，发出送气清塞音"t"。

此令开头用顶真手法搭建舞台，毛桃登场。中间渲染了毛桃的瘦身功效。结尾部分用排比句开列邀请者的庞大阵容。最后一句"等你穿的旗袍"与瘦身相呼应，别有情趣，令人回味不已。"请、邀、盼、等"诸字，写尽期盼主人公的心情。

原料

小妍卖颜料，

小然卖燃料，

小原卖原料。

小妍熟悉颜料了解燃料，

小然熟悉燃料了解颜料，

就是不知道小原的原料。

小原说："小麦是白面的原料，

白面是挂面、板面的原料；

原木是木板的原料，

木板是面板、牌匾的原料。

你小妍的颜料、小然的燃料，

离不开我小原的原料！"

小然问小原原煤的原料，

小原说:"原煤本身是原料,
以煤当燃料浪费了原料!"

(2010年6月14日写)

【掩卷沉思】

"原、妍"的读音分别为"yuán""yán",按照汉语拼音拼写规则反推,则知,它们实际上是"üan""ian",均属于前鼻音复合韵母。唯一的区别就在于,打头的元音不同,"u"是圆唇元音,而"i"是不圆唇元音,前者有个圆唇的动作,后者没有。

人物名字和所卖物品名称以谐音方式相关联。

原料,指没有经过加工制造的材料。煤,又称"黑金",可提炼出煤气、煤焦油、焦炭等。仅仅将煤作为燃料,的确是一种浪费。此令符合当今提倡的低碳理念,可谓"低碳环保型绕口令"。

纸扇和电扇

紫电吹电扇,

子善摇纸扇。

紫电嫌纸扇太慢,

子善嫌电扇耗电。

紫电说：

"电扇身价高，

纸扇稀烂贱。"

子善说：

"电扇是工具扇，

一旦不用卖破烂。

纸扇是艺术扇，

一扇值万贯。

羲之题扇面，

板桥画扇面，

千百个电扇也不换。

节能低碳又保健，

益肩益肘益手腕。"

子善陪紫电，

zhǐ shàn diàn zhōng xuǎn zhǐ shàn
纸扇店中选纸扇；

zǐ diàn xué zǐ shàn
紫电学子善，

bù chuī diàn shàn shān zhǐ shàn
不吹电扇扇纸扇。

（2010年6月15日写）

【掩卷沉思】

"i"，不圆唇元音，嘴微张，嘴角用力，舌尖抵住下齿背，舌面与硬腭形成缝隙发音。在读"diàn"时，由舌尖中阻音"d"向前鼻音韵母"an"过渡时，请记得中间有个"i"音决定了"d"的唇形。

近年来，环保理念深入人心，低碳生活成为时髦。老王摸准了时代的脉搏，借绕口令这种文学形式反映了低碳理念对人们生活的影响，使绕口令除却文学价值外，还具有现实意义。

pǎo kù

跑 裤

xiǎo hù ài pǎo bù
小扈爱跑步，

pǎo bù chuān pǎo kù
跑步穿跑裤。

xiǎo fù huì zuò kù
小傅会做裤，

kù zi zuò de kù
裤子做得酷。
xiǎo fù wèi xiǎo hù
小傅为小扈,
shè jì kù pǎo kù
设计酷跑裤。
zuǒ tuǐ xiù lǎo hǔ
左腿绣老虎,
yòu tuǐ xiù yě tù
右腿绣野兔。
pǎo bù chuān pǎo kù
跑步穿跑裤,
bié tí yǒu duō kù
别提有多酷。
xiǎo hù chě kāi bù
小扈扯开步,
jī huó hǔ hé tù
激活虎和兔。
nán fēn tù zhuī hǔ
难分兔追虎,
hái shi hǔ zhuī tù
还是虎追兔。
tù méi shuǎi diào hǔ
兔没甩掉虎,
hǔ méi dǎi zhù tù
虎没逮住兔。
xiǎo hù quàn xiǎo fù
小扈劝小傅,

shēn bào zhuān lì kù
申报专利裤。

(2010年6月19日写)

【掩卷沉思】

您瞧每一句最后一个字,韵母都是"u"。这是读好此令的关键所在,"u"属于圆唇元音,发音时,双唇拢成圆形,并保持不动。至于舌根音"h"与唇齿音"f",发音部位不同,详见《松花湖》。

xiàng pí cā
橡皮擦

xiàng pí cā　zhuān cā chā
橡皮擦,专擦差,
méi chā bù cā yǒu chā cā
没差不擦有差擦,
yǒu chā bù cā huà hóng chā
有差不擦画红叉。
nǎ ge bú chà nǎ gè chà
哪个不差哪个差,
nǎ ge bù cā nǎ gè cā
哪个不擦哪个擦,
nǐ kě bié wèn xiàng pí cā
你可别问橡皮擦。
nǐ ràng tā cā tā cái cā
你让它擦它才擦,
nǐ bú ràng cā tā bù cā
你不让擦它不擦。

老师给你画红叉,
你可别怨橡皮擦。

(2010年6月22日写)

【掩卷沉思】

牢记"c"发音时,舌头平伸,抵住上齿背,是为平舌音,而"ch"发音时,舌尖翘起,与硬腭接触,是为翘舌音。如此,我们就将"擦""差"的读音区分开了。

此令为儿童式绕口令。语言浅显直白,道理却朴素深刻,"怨橡皮擦"是找借口、推卸责任,出现问题,当"反躬自省",从自身寻找问题所在,这才是改正错误的关键。

电脑时代的猫鼠同眠

鼠标表哥是老鼠,
老鼠表妹是鼠标。
老鼠恨猫爱鼠标,
鼠标公然爱上猫。
鼠标爱猫如胶似漆,
猫爱鼠标如漆似胶。

biǎo mèi shǔ biāo jià gěi māo
表妹鼠标嫁给猫，

biǎo gē lǎo shǔ hú zi qiào
表哥老鼠胡子翘。

(2010年7月4日写)

【掩卷沉思】

"鼠标"与"表妹"涉及声调辨正："标"，读"biāo"，阴平，声音又高又平；"表"读"biǎo"，上声，声调有个曲折的过程。

鼠标爱上猫？滑稽！此猫非彼猫，电脑调制解调器之俗称也。鼠标与"猫"成双配对，日夜厮守，你老鼠吃什么醋！此令虽少绕口之字，但相同相近的词纷至沓来，加之猫的身份隐晦，读来还是蛮有情趣的。

松花湖

松花飘落松花湖，

松花湖上松花浮。

湖浮松花花浮湖，

松花浪花相追逐。

(2010年7月4日写)

【掩卷沉思】

"湖""浮"的读音分别是"hú""fú"。当"h、f"在元音"u"前面时,有些方言地区的人会把它们弄混,将"h"读成"f"。原因是,发"h"音时,位置偏前,口腔开度小,致使上唇与下齿接触,发出类似于"f"的音。"h"与"f",根本区别在于,两者的发音部位不同:"h"是舌根音,靠舌根与硬腭接近发音,而"f"是唇齿音,靠上齿和下唇接触发音。发"h"音时,舌根一定要抬到位,口腔开度要够。

松花湖,吉林省吉林市景点,贺敬之诗云"水明三峡少,林秀西子无。此行傲范蠡,输我松花湖"。《演讲与口才》杂志社就位于吉林市,老王与《演讲与口才》有近三十年的缘分,特作此令。

花落湖中,湖浮松花,动中有静,静中有动。以写诗的手法作此绕口令,此令恰如一首优美的写景诗,给人以美的享受。

chái dāo hé cài dāo
柴刀和菜刀

shàng shān kǎn chái yòng chái dāo
上山砍柴用柴刀,

xià chú qiē cài yòng cài dāo
下厨切菜用菜刀。

kǎn chái cài dāo bù rú chái dāo
砍柴菜刀不如柴刀,

切菜柴刀不如菜刀。
　　菜刀何必鄙视柴刀，
　　柴刀何必嫉妒菜刀。
　　柴刀要做好柴刀，
　　菜刀要做好菜刀。

（2010年7月4日写）

【掩卷沉思】

　　"菜""柴"的声母分别是"c""ch"，"c"是平舌音，"ch"是翘舌音。平舌音发音要领：舌头平伸，抵住或接近上齿背，发出"z、c、s"的音；翘舌音发音要领：舌尖翘起，与硬腭前端接触或接近，发出"zh、ch、sh、r"的音。

　　此令篇幅短小，语言质朴，揭示出一个朴素而深刻的道理："菜刀""柴刀"各有所长，各有其用，不必以己之长嘲人之短，也不必因己之短，妒人之长。德国哲学家尼采说："聪明的人只要能认识自己，便什么也不会失去。"只有正确客观地认识自己，才能做到既不自大，又不自卑，守住自己的位置，做好自己的角色。

拼盘

伸手游戏——导弹和导电
池草听写
小李、小吕写紫字
小杭和小黄
买汤圆
妙说沉江
染料和眼药
赠品都是正品
世界难题
团子和盘子
绕口愣
树懒和水獭
荣誉与容易
拜年

伸手游戏——导弹和导电

男孩儿

左手手心写导弹,

右手手背写导电;

女孩儿

左手手心写导电,

右手手背写导弹。

正玩儿——

我喊导弹就出导弹,

我喊导电就出导电;

反玩儿——

我喊导弹要出导电,

我喊导电要出导弹。

导弹导电随时换,

拼盘

kàn shuí chū shǒu kuài rú diàn
看谁出手快如电。

dǎo dàn　dǎo diàn　dǎo diàn　dǎo dàn
导弹，导电，导电，导弹，

dǎo diàn　dǎo dàn　dǎo dàn　dǎo diàn
导电，导弹，导弹，导电。

（2015年10月12日写）

【掩卷沉思】

　　创作不易，写作者几易其稿可谓家常便饭。唐代就有贾岛几经推敲，将"僧推月下门"改成"僧敲月下门"的佳话。

　　此令写作同样用心"推敲"多遍，小赵不赘言，且听老王自述创作心路——

　　"一周前，物色到导弹导电俩词，开始冥思苦想，构思故事情节和表现形式。几经修改，形成了一款伸手游戏，力图使更多的人喜欢。孩子之间互相玩儿，大人带孩子玩儿，都可以。一个人只当绕口令说，也可以。翻译成其他语种，要更换一对合适的词，方不失绕口效果。不更换，只当游戏也可。这是绕口令和游戏嫁接的尝试之作。"

　　绕口令绕口绕脑，小游戏有趣好玩，不信您试试？

池草听写

老师念池沼，

池草写迟早；

念迟早，写辞藻；

念辞藻，写洗澡；

念洗澡，写洗脚；

念洗脚，写死角；

念死角，写乞讨；

念乞讨，写祈祷；

念祈祷，写池沼。

念喜报，写起爆；

念起爆，写起票；

念起票，写起跳；

念起跳，写曲调；

拼盘

niàn qǔ diào　xiě qǔ xiào
念曲调，写取笑；

niàn qǔ xiào　xiě xǐ bào
念取笑，写喜报。

niàn piāomiǎo　xiě pí ǎo
念缥缈，写皮袄；

niàn méi qì biǎo　xiě méi chī bǎo
念煤气表，写没吃饱。

lǎo shī shuō chí cǎo tīng lì bù hǎo
老师说池草听力不好，

chí cǎo guài lǎo shī kǒu yīn bié jiǎo
池草怪老师口音蹩脚！

(2005年7月19日写)

【掩卷沉思】

　　此令中，音近词纷至沓来，令人应接不暇。切莫慌乱，你看这些音近词的韵母，无非是"ao""iao"，"iao"发音时比"ao"多一个不圆唇元音"i"罢了。

　　而这些音近词的声母，却五花八门，主要涉及三组声母辨正：1. 双唇音"b、p"。"b"不送气，"p"送气，送气与不送气是这两个声母的根本区别。2. 舌尖中阻音"d、t"。两者发音部位相同，根本区别在于"d"不送气，"t"送气。3. 舌面音"j、q、x"与舌尖前音"z、c、s"，两组音的发音部位不同，"j、q、x"由舌面前部和硬腭形成阻碍而发音，"z、c、s"却是舌尖与上齿背形成阻碍发音，莫要混淆。

"听写",本是校园里一件芝麻粒大的小事。老王却将绕口令写得如此别致,既练口,又好玩,选择与"池草""喜报"音近的词各八九个,反复重叠,合辙押韵,环环相扣,一韵到底,谐趣顿生;如讲述一则幽默故事,池草"一错再错",情节上层层蓄势,至"没吃饱"达到高潮,荒谬生趣,令人解颐。结尾探因,师耶?生耶?师生兼有耶?读起来"别扭",听起来有趣,品起来有味。亏他想得出来!

小李、小吕写紫字

老师出了一道题:

"在紫纸上写紫字。"

狼毫笔,羊毫笔,

各色墨汁预备齐。

小李抢过紫墨汁,

在紫纸上写紫字,

写了半天不见字。

xiǎo lǚ bǐ zhàn huáng mò zhī
小吕笔蘸黄墨汁，
zài zǐ zhǐ shang xiě zǐ zì
在紫纸上写"紫"字，
lǎo shī shù qǐ dà mǔ zhǐ
老师竖起大拇指。

（2005年3月12日写）

【掩卷沉思】

请品味下面发音，"纸(zhǐ)"，翘舌，舌头抵住硬腭前端形成阻碍，气流冲开阻碍发音；"紫(zǐ)"，平舌，舌尖抵住上齿背形成阻碍，气流冲开阻碍发音。大声、缓慢地读出这则绕口令，力求每个字的音都准确、到位，逐步加速，直到熟练为止。

若给绕口令做个排行榜，此则定能名列前茅。至于上榜理由，且听小赵慢慢道来：

其一，它具备绕口令的基本特点，"紫""纸"十分拗口，且不断出现，令唇舌应接不暇，达到练口齿的目的。其二，它完整叙述了关于一道智力考题的故事，开端（老师出题）、发展（小李做题）、高潮（小吕做题）、结局（老师称赞），一应俱全，情节曲折，引人入胜。其三，它将物理知识融入其中，黄色和紫色为互补色，会形成相互辉映的视觉效果，难怪小吕会选择黄色墨汁。其四，"写紫字"既可以是紫颜色字，又可以是"紫"字本身，小吕利用歧义，完成任务，读者也跟着来个脑筋急转弯。

小杭和小黄

小杭一张紫纸一张花纸,

紫纸包瓜子儿,

花纸包花子儿。

小黄一张花纸一张紫纸,

花纸包瓜子儿,

紫纸包花子儿。

小杭不知道小黄,

是紫纸包瓜子儿还是花纸包瓜子儿;

小黄不知道小杭,

是紫纸包花子儿还是花纸包花子儿。

(2005年3月8日写,2010年5月26日改)

拼盘

【掩卷沉思】

"子儿",儿化音,给元音"i"增添卷舌色彩,显得俏皮好玩。至于"瓜"和"花",则涉及声母"g"与"h"的辨正,"g"与"h"皆是舌根音,发音时,舌面后部均与硬腭形成缝隙,气流通过,弹开舌面后部,则发出"g"音,若舌保持不动,则发出"h"音。

再平常不过的东西,包上纸就是谜。绕口令化简为繁,设置了"紫纸"与"花纸"、"瓜子儿"与"花子儿",不断绕圈圈,句子长短不齐,错落有致,生动俏皮。

买汤圆
——一元一次方程题

虞源泉,攥着钱,

去玉渊潭买汤圆。

买四十个汤圆缺一元钱,

买三十个汤圆余一元钱。

欲不缺钱也不余钱,

一时难住了虞源泉:

>　　　　yù yuān tán   a   yù yuān tán
> "玉渊潭啊玉渊潭,
>　　　tāngyuán jǐ gè yì yuánqián
> 汤圆几个一元钱?"
>　　yú yuánquán a   yú yuánquán
> 虞源泉啊虞源泉,
>　　wǒ zhī nǐ zuàn jǐ yuánqián
> 我知你攥几元钱!

（2005年6月5日写,2010年5月26日改）

【掩卷沉思】

"潭"和"泉"的声母分别为"t"与"q",发音时都有明显的送气感,但发音部位不同:"t"是舌尖中音,由舌尖和上齿龈形成阻碍发音;"q"是舌面音,舌尖抵在下齿背下方,由舌面与硬腭形成阻碍发音。

"玉（yù）"和"一（yī）"、"潭（tán）""泉（quán）"和"钱（qián）"。

前一组,"yu"和"yi",按拼音规则将其还原,实际上是圆唇元音"ü"和不圆唇元音"i",唇形有别,即可区分;后一组,先发准"an"的音,再看"üan"和"ian",它们不过是多出一个"ü"和"i",即,"泉（quan）"发音时有个圆唇"ü"的动作,"钱（qian）"发音时有个不圆唇"i"的动作。

创作此则绕口令,老王设下重重机关,颇费思量:其一,给主人公起名曰"虞源泉","虞源"同声,"源泉"同韵,三字读音又皆含"ü",读来十分绕口;其二,设置音近词"虞源泉""玉渊潭""一元钱",三词在绕口令中反复出现,有一定训练难度;其三,此令是一道一元一次方程题,绕口令和数学知识完美嫁接,设下擂台,考考读者和听众。

妙说沉江

河南臧成章,

湖南张沉江,

两个经销商,

相逢石家庄。

老张出口成脏,

老臧出口成章。

老张说老臧人脏,

老臧不怪老张。

老臧说:

"沉江啊沉江,

你是屈原的老乡,
沉江沉的是汨罗江。
千古一沉,
沉出了慷慨辉煌!"
老张绰号"淹死鬼",
唯独老臧理解"沉江"。
老臧感动了老张,
老张改掉了出口成脏,
要学老臧出口成章。
老臧佩服老张,
说老张是商场的老姜。
会沉江才会弄潮,
会弄潮倒海翻江!

拼盘

(2010年6月6日写)

【掩卷沉思】

"zāng""zhāng",声母不同,"z"是平舌音,"zh"是

翘舌音。

老臧胸怀大度,妙解"沉江",感染老张改掉了"出口成脏"的毛病。

"会沉江才会弄潮"处的"沉江",指潜水。

此令兼及说话艺术。"出口成脏"者形象必不佳,不经意中生摩擦。说话文明,沟通顺畅,何乐而不为?

染料和眼药
rǎn liào hé yǎn yào

外地人冉耀,卖染料又卖眼药,
wài dì rén rǎn yào mài rǎn liào yòu mài yǎn yào

唱着吆喝,南腔北调:
chàng zhe yāo he nán qiāng běi diào

眼药眼药——
yǎn yào yǎn yào

天然眼药,化学眼药,
tiān rán yǎn yào huà xué yǎn yào

天蓝眼药,海蓝眼药,
tiān lán yǎn yào hǎi lán yǎn yào

湖蓝眼药,水蓝眼药,
hú lán yǎn yào shuǐ lán yǎn yào

翠蓝眼药,宝蓝眼药,
cuì lán yǎn yào bǎo lán yǎn yào

深蓝眼药,浅蓝眼药……
shēn lán yǎn yào qiǎn lán yǎn yào

染料染料——
rǎn liào rǎn liào

近视染料，远视染料，斜视染料，

青光眼染料，白内障染料，

红眼病染料，睑腺炎染料，

青霉素染料，氯霉素染料，红霉素染料……

莫名其妙，莫名其妙！

少安毋躁，少安毋躁！

冉耀把"染料"吆喝成了"眼药"，

把"眼药"吆喝成了"染料"！

（2010年6月6日写）

【掩卷沉思】

这么热闹，最关键的"绕"有两点：

一是"药"与"料"，拼音分别为"yào"与"liào"，韵母看似不同，实则相同。以"i"开头的韵母，如果前面没有声母，则将"i"写成"y"。因此，"药"的读音实际上是"iao"，与"liào"韵母相同。故而，"料（liào）"发音时，注意前面的边音"l"，即可与"药（yào）"区分开。

二是"眼（yǎn）"与"染（rǎn）"，将"yan"打回原形，它其实是"ian"，那么"yan"与"ran"的区别就在于"i"与

"r"的发音上。"i"是不圆唇元音,而"r"则是翘舌音,发音时嘴微张,舌尖翘起,与硬腭前端形成缝隙,气流轻微摩擦通过发音,声带颤动。掌握其规律,读起来便可游刃有余。

"贯口",相声中一种常见的表现形式,语言节奏强,说时由慢到快,由弱到强,由低到高,合辙押韵,说到高潮处,字字似连珠,一气呵成,贯穿到底。

此令将绕口令和相声手法相嫁接,写"南腔北调"的冉耀卖染料和眼药的故事,一路读来,让人"莫名其妙",结尾揭出谜底,一切都源于冉耀的方言作怪,充满趣味,好玩好读。

赠品都是正品

李老师说:

益健堂的赠品都是正品。

蒋老师说:

所有的赠品都是正品,

但不是所有的正品都是赠品。

^{jiāng lǎo shī shuō}
姜老师说：

^{bú yào bǎ zhèng pǐn dú chéng zèng pǐn}
不要把正品读成赠品，

^{yě bú yào bǎ zèng pǐn niàn chéng zhèng pǐn}
也不要把赠品念成正品。

^{wàng lǎo shī biǎo yǎn de zèng pǐn dōu shì zhèng pǐn}
王老师表演的《赠品都是正品》，

^{huò dé yì jiàn táng zhèng pǐn de zèng pǐn}
获得益健堂正品的赠品。

（2016年12月27日写）

【掩卷沉思】

这则《赠品都是正品》辨正平翘舌音"z"与"zh"，内容涉及逻辑判断——"赠品是正品"，反之则不一定成立。绕口又绕脑，既练口齿，又练思维。

^{shì jiè nán tí}
世界难题

对口绕口令

拼盘

^{shī guǎn zi shì guǎn zi}
师：管子是管子，

^{shēng gān zi shì gān zi}
生：杆子是杆子。

^{shī guǎn zi bú shì gān zi}
师：管子不是杆子，

^{shēng gān zi bú shì guǎn zi}
生：杆子不是管子。

师：空心的是管子，
生：实心的是杆子。
师：不说杆子，单说管子。
生：短管子可以接成长管子，
师：长管子可以截成短管子。
生：长管子截成较短的管子，
师：较短的管子截成更短的管子。
生：更短的管子截成更短更短的管子……
师：呔！短到一定的短则不成其管子！
我有外径十厘米内径八厘米一米长的管子，
你说可以截多少管子？
你不知道截多少管子，
我打你板子！

生：您知道截多少管子，

我请您下馆子！

合：(面向观众)谁知道截多少管子，

请谁下馆子！

（2010年6月20日写）

【掩卷沉思】

"管""杆"的读音分别是"guǎn""gān"，两者的差别就在那个"u"上。别着急，读慢些，读"管"时注意"gu"是以"u"的唇形读"g"。"g"发音时位置比较靠后，嘴微张，舌根隆起抵住软硬腭交界处，形成阻碍，气流冲开阻碍，发出不送气清塞音"g"。

您瞧好了，这是老王独创的"对口绕口令"，一种新颖的绕口令形式，融绕口令和相声的特点为一体，令人耳目一新，颇具艺术趣味。可以搬上舞台演出，一人扮演两个角色，两人分别扮演师生均可。单位联欢，朋友聚会，您都可以拿出来秀一把，保证受人欢迎。此令不大绕口，但很绕脑。

老王曾说："如痴如醉，方能登堂入室。"他醉心于绕口令创作，勤于琢磨，善于创新，摸到门径，熟能生巧，创作出一首首脍炙人口的绕口令。简单的招式练到极致就是绝招，做事要成功，莫不如此。

团子和盘子

^{tuán zi hé pán zi}

小谭子，蒸团子；
^{xiǎo tán zi　zhēng tuán zi}

小田子，洗盘子。
^{xiǎo tián zi　xǐ pán zi}

每个盘子五个团子闲一个盘子，
^{měi gè pán zi wǔ gè tuán zi xián yí gè pán zi}

每个盘子四个团子少一个团子。
^{měi gè pán zi sì gè tuán zi shǎo yí gè tuán zi}

小谭子蒸了多少团子？
^{xiǎo tán zi zhēng le duō shao tuán zi}

小田子洗了多少盘子？
^{xiǎo tián zi xǐ le duō shao pán zi}

（2010年6月20日写）

【掩卷沉思】

"田、盘、谭、团"，如走马观花，韵母"ian、an、uan"排列其中。先来看"an"，发音时舌尖先轻抵下齿背，舌位由低向高，舌尖抵住上齿龈，气流从鼻腔流出；鼻腔通道由关到开，口形由开到合。再来看"ian"与"uan"，它们分别由不圆唇元音"i"和"u"打头，过渡到"an"音，区别在于打头字母的唇形不同。弄清楚这几点，一边读绕口令，一边细细体会，几遍后，即可熟练读出。

在这里，老王将绕口令和数学题相嫁接，令您在欣赏的同时置身其中。您能听毕立即报出答案吗？

绕口愣

老宁善写绕口令，
艺名绕口宁。
小宁好说绕口令，
人称绕口愣——
因为他分不清愣和令，
把绕口令说成绕口愣。
绕口愣央求绕口宁，
写绕口令不带愣和令。
绕口宁告诫绕口愣：
"要想说好绕口令，
必须分清令和愣。"
绕口愣苦练令和愣，
终于说好了绕口令。

(2010年6月24日写)

拼盘

【掩卷沉思】

甯，姓氏，读"nìng"。

"愣"和"甯"，既有边音"l"与鼻音"n"的区分，又有鼻音韵母"eng"和"ing"的辨正。"eng"和"ing"起点元音不同，前者为"e"，后者为"i"——皆为不圆唇元音，但两者发音时舌位不同，"i"发音时，舌位较高、较前。

这是老王专为绕口令写的绕口令，足见他对绕口令的钟爱之情。一旦选定创作目标，他便不避其难，冥思苦索，数易其稿，终成佳作。于是，绕口令终于在绕口令中做了一回主角。

树懒和水獭

zuó tiān shù lǎn hé shuǐ lǎn
昨天树懒和水懒，（识懒不知獭）

jīn tiān shuǐ tǎ hé shù tǎ
今天水獭和树獭。（知獭又疑懒）

gǎi diào shuǐ lǎn hé shù tǎ
改掉水懒和树獭，（獭懒拉郎配）

jì zhù shù lǎn hé shuǐ tǎ
记住树懒和水獭。（懒獭各归位）

（2010年7月4日写）

【掩卷沉思】

"懒"和"獭"形似音不同。此令对这两个极易混淆的字进行了区分，起到了辨正字音、区分字形的作用，不失为绕口令中一个亮点。

正确的读法应是"树懒(lǎn)"与"水獭(tǎ)"。分清这两字后,任它们与"树""水"随意组合,也能辨清彼此。

"树懒",形状略似猴,生活于热带森林中。水獭是半水栖兽类,善游泳,昼伏夜出,喜欢栖息在湖泊、河湾、沼泽等淡水区。

荣誉与容易

老师提问龙逸与龙驭,

论述荣誉与容易。

龙逸说:

"取得荣誉容易,

失去荣誉也容易。"

龙驭说:

"取得荣誉不容易,

保持荣誉谈何容易。"

老师说:

拼盘

$$\text{"}\underset{\text{jié}}{竭}\underset{\text{jìn}}{尽}\underset{\text{quán}}{全}\underset{\text{lì}}{力}\underset{\text{chuàng}}{创}\underset{\text{zào}}{造}\underset{\text{róng}}{荣}\underset{\text{yù}}{誉},$$

戒骄戒躁保持荣誉。

辩证看待荣誉与容易，

宠辱不惊则处世容易。"

（2010年9月11日写）

【掩卷沉思】

  且看"誉"与"易"、"驭"与"逸"，四个字交叉出现，一会儿"yu"，一会儿"yi"，颇费思量。按汉语拼音拼写规则，韵母"i""ü"前面无元音时，则在前面加上"y"，"ü"两点要去掉。尽管这样拼写，发音的关键还是在区分"i""ü"，"i"是不圆唇元音，"ü"却是圆唇元音，唇形有别，发音有异。

  绕口令通过对话形式，揭示如何看待荣誉的道理。既要积极进取，又要戒骄戒躁，若能如明朝洪应明《菜根谭》所说，"宠辱不惊，闲看庭前花开花落；去留无意，漫随天外云卷云舒"，洞明世事，心态平和，自然少些患得患失，多些快乐与自由。

拜年

东北的老蓝和老廉，
西北的老南和老粘，
华北的老袁和老栾，
都来海南颐养天年。
居住在同一个社区临春园，
参加了同一个候鸟合唱团。
告别了家乡冰雪严寒，
赤日炎炎就过上大年。
老蓝和老廉去给老南和老粘拜年，
恰逢老袁老栾来给老南老粘拜年。
老蓝老南老袁抱成一团，
老廉老粘老栾抱成一团。
老蓝老南老袁招呼老廉老粘老栾，

拼盘

一起到临春河畔白鹭园，
去给合唱团歌友拜大年。
老蓝挽着老南，
老南挽着老袁，
老袁挽着老栾，
老栾挽着老粘，
老粘挽着老廉，
一起来到白鹭园。
令毕。
表演者结语：
辽吉黑，宁陕甘，
鲁豫皖，云贵川，
各地兄弟姐妹们，
我给大家拜大年！

（2017年1月17日写）

【掩卷沉思】

此令中既涉及边音"l"与鼻音"n"的辨正，又涉及韵母"an""uan""ian"的辨正。顾名思义，"l"发音时气体从舌头两边呼出，"n"发音时大部分气体从鼻腔呼出。"uan"比"an"多一个双唇撮圆的动作，"ian"与"uan"的区别在于开头元音发音部位不同，前者是齐齿呼，后者是撮口呼。

老王写毕，批注道：此令为特定场合而作，既要体现绕口令艺术，又要适当糅进现实元素。作为姓氏，"粘"读"年"音。

附录

名家论绕口令的价值与意义

相声表演没有固定的教材,也没有科学完整的教学方法,主要靠表演者在学习老一辈艺人表演艺术的基础上,根据自己的特点在实践中发挥、提高。练基本功是非常重要的。

相声演员在表演中,全靠说和唱来表达自己要向听众传达的内容。因而吐字发音务求声音洪亮、发音准确、吐字清晰。要做到这三点,必须苦练。练的方法有多种:

练绕口令。锻炼唇、齿、舌、喉各部位发音的准确、清晰。如:

"鼓玻璃,瘪玻璃,不鼓不瘪的玻璃。"(练唇音)

"隔着窗户撕字纸,字纸上趴着四十四个似死不死的死虱子皮。"(练齿音)

"一平盆面,烙一平盆饼,饼碰盆,盆碰饼。"(练唇音)

"高高山上一条藤,藤条头上挂铜铃,风吹藤动铜铃动,风定藤停铜铃停。"(练鼻音)

"喇嘛端汤上塔,塔滑汤洒汤烫塔。"(练舌音)

"板凳宽,扁担长,扁担没有板凳宽,板凳没有扁担长。扁担绑在板凳上,板凳不让扁担绑在板凳上,扁担偏要扁担绑在板凳上。"(练唇音、齿音)

"狗啃油篓篓油漏,狗不啃油篓篓不漏油。"(练喉音)

——摘自马季著《相声艺术漫谈》

（马季：著名相声大师）

我急于想说的一层意思是，我们要进一步认识绕口令的价值与功用。绕口令是我国民间文学中一种比较特殊的语言艺术形式，它具有锻炼人的说话能力，矫正发音部位，把话说得清楚的作用。近些年来，它的应用价值愈来愈得到各方面的重视。绕口令最大的功劳莫过于对中国一代又一代的儿童的启蒙和锻炼。孩子们从牙牙学语开始，没有一个对绕口令这种口头文学陌生的，谁都能唱诵上几段，比比看谁说得准确、说得敏捷，在欢笑游乐中自然而然地学会了说话；绕口令的另一大功用是，从它一诞生就是曲艺艺人的亲密伙伴，成为曲艺艺人特别是相声演员训练口齿、练好本领的基本工具，许多相声大师通晓绕口令，善于汲取绕口令的精华，丰富演唱的段子，作为自己的看家本领和保留节目；绕口令还有一个作用，随着广播电视事业的飞速发展，它受到电台、电视台主持人、播音员的青睐，成为他们不可或缺的矫正口齿、训练发音的辅导教材和必修科目之一；最后还要提到的是在全国推广普通话、全民学习普通话以及外国友人学讲中国话的热潮中，绕口令在锻炼大家口才、提高大家汉语发音质量和语言表达能力方面，也是功不可没的。

——钟敬文语，摘自吴超编《中国绕口令》序

（钟敬文：中国民俗学之父、民间文学大师、现代散文作家）

略说绕口令创作

王中原

绕口令虽小,却很难写好。虽然难写好,也有窍门找。兹举三例,就教于方家。

肘子和种子

老公姓邹,

老婆姓周,

冬天,老周让老邹买肘子,

老邹赶集买来了种子。

老周见了种子思念肘子,

老邹有了种子忘了肘子。

春天,老邹种地找种子,

老周说种子早就换成了肘子。

冬天吃的肘子,

就是种子换的肘子。

细心的读者不难看出,此则绕口令的"核儿",就是"肘子"和"种子"两个词。"核儿"中之"核儿"又是"肘"和"种"两个字。这两个字韵母不同但声母相同,"肘子"和"种子"放在语流中感觉还是相近的。

有了这个"核儿",就可以构思故事了:一家之中,男人偏重生产,女人偏爱生活,但生产生活不可偏废。一旦失衡,故事就发生了。女的要买肘子改善生活,男的粗心大意或随机应变买来了种子。女人呢,虽未发作,但心有不甘,机缘巧合时,将种子换成了肘子。男的吃了肘子,津津有味,断然想不到是用种子换的。女的也不是败家子,只是她把生命本身看得重些,至于种子,春天再买也不迟。可惜她不懂节气,把种子忘到了脑后。待到男人寻种子时,才道出原委。应该说,故事还是颇有生活情趣的。

为了凸显绕口令绕口的特色,只用一组近音词为"核儿",显得单薄了些。咋办呢?再赋予两个角色近音姓氏"邹"与"周"。姓什么,与故事无关,只是为了增加绕口的难度而已。

狐狸教子

陷阱不叫陷儿阱,
馅儿饼不叫馅饼。
陷阱上面有个馅儿饼,
馅儿饼下面有个陷阱。
懦夫眼里只有陷阱,
莽汉心中只有馅儿饼。
不要害怕陷阱放弃馅儿饼,
也不要眼馋馅儿饼掉进陷阱。
既要小心陷阱,
又要吃到馅儿饼。

这则绕口令的"核儿"是"陷阱"和"馅儿饼"。"馅""陷"同音,一儿化一不儿化;"饼""阱"同韵。附带讲了儿化知识,形象生动,无斧凿痕迹。

馅儿饼材料好,不如烙得好。既要火候好,还要翻得巧。写绕口令也要会翻,有时故意正说一遍,反说一遍,制造有趣的废话。引领听众在语言迷宫中穿行,看似到了终点,又回到了原点。

想以少少许胜多多许,除了有趣,还要有理,给人以启迪,却不强加于人。这则绕口令理趣结合自然,发人深省。不只适合儿童,也适合成年读者。

龙画好了,还要善于点睛。写完了绕口令,才思索题目。反复推敲之后,拈出"狐狸教子"四字,恰好统领全篇。智慧也罢,狡猾也罢,狐狸的形象任人评说。能否吃到馅儿饼,是否掉进陷阱,尽在不言中。

买汤圆
——一元一次方程题

虞源泉,攥着钱,

去玉渊潭买汤圆。

买四十个汤圆缺一元钱,

买三十个汤圆余一元钱。

欲不缺钱也不余钱,

一时难住了虞源泉:

"玉渊潭啊玉渊潭,

汤圆几个一元钱?"

虞源泉啊虞源泉,

我知你攥几元钱!

这则绕口令,近音词语毋庸赘述。特别之处是借绕口令的形式出了一道数学题,借助一元一次方程很容易解出(答案:1元5个,攥7元)。列方程需要纸笔,现场心算要真功。这不但挑战了读者和听众的计算能力,增加了绕口令的魅力,也激发了人们的求知欲。

从创作角度讲,此令也拓展了绕口令的题材。既然方程题亦可写入绕口令,生活中其他题材更有可挖掘之处。

上举三例,严格来说并非纯粹的绕口令。《辞海》释"绕口令"为:"民间语言游戏。将声母、韵母或声调极易混同的字,组成反复、重叠、绕口、拗口的句子,要求一口气急速念出。如:十四四十四十四,十四是十四不是四十,四十是四十不是十四。"既是语言游戏,应不属文学作品,从所举例子可以看出。类似的有"吃葡萄不吐葡萄皮,不吃葡萄倒吐葡萄皮"等。

纯粹的语言游戏类绕口令数量很少,较多的是包含绕口令元素的文学作品,或曰吸收了文学元素的绕口令。如上举三例那样,有角色,有情节,有蕴涵,讲艺术技巧。

有个与《辞海》示例相近的绕口令《狮子山》:"狮子山上狮子寺,山寺门前四狮子。狮子看守狮子寺,禅寺保护四狮子。"明显含有许多叙事文学的元素,增加了趣味性和可读性。

拙稿既是"略说",难免顾此失彼,挂一漏万。错误之处,敬请方家赐教。

绕口令：锻炼口语表达能力的"体操"

赵立涛

绕口令，又称"急口令"，是一种民间文学艺术形式，一般由若干双声词、叠韵词或发音相同、相近的字、词组成，说起来十分拗口，读快了常会出错，惹人发笑。它具有练口齿、练记忆、练思维的功能，短小活泼、诙谐有趣，深受人们喜爱。

绕口令作家王中原先生将绕口令称为锻炼口语表达能力的"体操"，功能如下：

一、口齿体操。口才不是天生的，说话流利、发音标准也不是天生的，都需要经过一定的训练。绕口令正是一种锻炼口齿的极佳工具，它含有大量的同音异调、相近字音、叠字重句，用于训练唇、齿、舌的灵活程度与协调性，训练舌头的部位、嘴唇的形状、口腔的开合，最终达到训练口齿的目的。绕口令读起来绕弯、咬嘴，诙谐、有趣，吸引着练习者集中精力不断练习，以达到读得又快又准的目的，在潜移默化中训练口齿。

练"唇"：如《海滩晨景》："朝霞红遍半边天，潮水漫上半面滩。半面滩倒映半边天，半边天映红半面滩。"内含双唇音"b""m"，对练唇的力度与灵活性很有帮助。

练"齿"：有些方言地区平舌音与舌面音发不好，可以选择z、c、s 与 i 相拼，j、q、x 与 i、in、ing 相拼的绕口令进行练习。如

《小李、小吕写紫字》:"老师出了一道题:在紫纸上写紫字。狼毫笔、羊毫笔,各色墨汁预备齐。"

练"舌":要想把话说得清楚、流利,必须要练"舌"功,让舌头具有弹性和灵活性。如《冰灯》:"甲乙丙,乙丙丁,甲乙丙丁做冰灯。甲帮乙,丙帮丁,甲乙做完帮丙丁。"选取含有"d、t、n、l"等声母在内的绕口令,加以训练,即可"舌灿莲花"。

二、记忆体操。绕口令还有个俗名,叫"咬嘴话"。这是它的特色,一句话能说清的事,非得绕着说,还采用大量读音极其相近的词,句子拗口、绕弯,既考智商,又练口齿。如果记不住,很难清楚、流利地把绕口令说得很精彩。如《骑驴赶集》:"黏黏的姨没约连连的姨,连连的姨没约兰兰的姨,兰兰的姨没约楠楠的姨,楠楠的姨没约媛媛的姨,媛媛的姨没约妍妍的姨,妍妍的姨没约黏黏的姨,同时同分同秒骑驴赶集。"记不住,就说不来。可以说,绕口令是锻炼记忆力的一种"语言体操"。将绕口令熟读成诵,正是锻炼记忆力的秘籍妙招之一。

三、思维体操。王中原先生创作的绕口令中,有不少绕口令设置了思维迷宫,层层关系在里面"缠绕不清",要想顺利走出迷宫,必须既具备"脑筋急转弯"的机智,又要有解"九连环"的耐心。读好绕口令,还需要练习者反应迅速,应变力强。一边练口齿,一边闯"迷宫",一旦窥破绕口令的机关所在,便恍然大悟。此刻,思维已经闯过一个难关,得到了锻炼。

总之,绕口令是练口齿、练记忆、练思维的"语言体操",坚持练习,对提高口语表达能力大有裨益。

那么,我们如何训练,才能达到最佳效果呢?需要把握好三个原则:

一、先慢后快。心急吃不了热豆腐,练绕口令也是如此。刚开始练习,可以选取一些较短的绕口令,循序渐进,说得清楚、流利、连贯即可。等训练一段时间后,再将又快又准作为高级目标,直至能够登台表演。

二、咬准字音。绕口令是专门针对某些发音障碍而设计的,只有咬准字音,才会有消除障碍的理想效果。咬准字音分三步走:第一步,咬准字头,把握好声母的发音方法和发音部位,弹发有力,并带动韵腹和韵母的响度。第二步,发响字腹。字腹的发音决定了一个字的声音是否响亮、饱满。口腔开合适度,气息要足,共鸣要强。第三步,收全字尾,关键在于归音到位。通过长期的绕口令训练,可以矫正发音部位,形成良好的发音习惯,对改善发音很有效果。

三、熟能生巧。口才不是一朝一夕就能练成的。然而,采取恰当的方法,经过长期不懈的练习,一定可以出类拔萃。美国作家马尔科姆·格拉德威尔曾提出一个"10 000小时定律",即一个人要想在任何领域取得成功,就需要练习10 000个小时,这与中国古话"熟能生巧"一致。练绕口令,若是心血来潮,想起来就练练,想不起来就束之高阁,恐怕难以起到作用,得坚守"熟能生巧"的原则,读"令"百遍,其效自见。

坚持下去,提高口语表达能力指日可待。祝你成功!

后　记

　　这本书漫长的写作过程,好比一场马拉松。
　　先是王中原先生自2004年开始,在《演讲与口才》上开设"口语训练营·绕口令"专栏,每期精心撰写一则绕口令,被读者广为传阅;再是我们2009年有了结集出版原创绕口令的想法,并付诸实施,花费一年时间完成初稿;后是2012年中国传媒大学出版社赵欣女士慧眼识珠,并几经点拨完善,使此书在2013年得以出版。
　　可以说,从落笔到出版,用了整整九年时间。九年磨一剑,堪称呕心沥血之作。
　　王先生在绕口令这片"寸土"上大展拳脚,丰富了绕口令的创作形式,拓展了绕口令的创作题材,使绕口令这种"民间语言游戏"(《辞海》语)更具文学性,使绕口令的题材更为宽广。因本书中作品多有异于传统之作,我对每则绕口令易于混淆的声母或韵母进行辨正,并就形式、内容等方面进行点评,以帮助读者朋友更好地了解和使用绕口令。其中,有不少点评是在王先生的指点下完成的。考虑到本书极有可能是首部个人原创绕口令专集,每则标明写作、修改时间,从中可以看出写作背景和写作密度,为研究者提供方便。

书稿定稿后,我们有几分欣喜,也有几分期待。欣喜的是,这份心血没有白费,终于能够与读者朋友见面;期待的是,读者朋友能从中获益,锻炼口齿与思维,绕口令创作者能得到些许启示,促进绕口令这种文学创作形式的发展。

然而,这里不是结束,而是开始。

绕口令训练口齿,不可能一蹴而就。一口吃成个胖子的事,从来就没有。很显然,指望翻阅一下这本书,就"舌灿莲花",那是不现实的。训练口才,也是一场马拉松,尽管要付出些许汗水与努力,但收获的,将是漂亮的人生。著名演讲理论家邵守义先生说:"是人才者未必有口才,有口才者必定是人才。"将本书摆在案头、枕边吧,有空就练习几则,持久地练下去,你的付出不会白费。

本书绕口令来源于生活,颇具趣味性,亦可供读者玩赏。

任何一本书的形成都离不开一批人的努力。

感谢中国传媒大学出版社赵欣女士的鼎力支持,感谢文友孙汉生先生、刘配书先生对本书提出的中肯意见,感谢读者朋友的欣赏与悦纳。值得一提的是,给绕口令注音是一项庞大、繁琐的工程,赵欣女士不辞辛劳,为本书绕口令一一注音,还根据语音学权威著作,逐一梳理发音方法,倾注了很多心血,功莫大焉。

赵立涛
2013年4月14日